겨울, 블로그

푸른도서관 ㉒

겨울, 블로그

초판 1쇄 / 2007년 11월 30일
초판 3쇄 / 2008년 11월 20일

지은이 / 강 미
펴낸이 / 신형건
펴낸곳 / 푸른책들

출판등록 / 1998. 10. 20. 제22-1436호
주소 / 서울 서초구 양재동 115-6 푸르니빌딩 2층 (우)137-891
전화 / 02-581-0334~5 팩스 / 02-582-0648
E-mail / prooni@prooni.com
www. prooni.com

ⓒ 강 미, 2007

ISBN 978-89-5798-131-3 03810

이 도서의 국립중앙도서관 출판시도서목록(CIP)은 e-CIP 홈페이지
(http://www.nl.go.kr/cip.php)에서 이용하실 수 있습니다.
(CIP제어번호: CIP2007003108)

겨울, 블로그

강 미 지음

푸른책들

차례

겨울, 블로그

안개나 는개가 짙은 날이면 길 건너 빈 논에 번쩍 치켜 든 써렛발 같은 불빛들이 일제히 켜진다. 써레 몽둥이는 안개에 가려진 채 불빛들만 허공에 누워 있어 마치 거대한 뱀이 공중 부양하는 모습 같기도 하다. 붉은 뱀의 꼬리는 멀지 않은 공항으로 이어져 있는데 비행기의 착륙을 유도하기 위해서다. 이렇게 흐린 날에는 비행기 역시 온통 빛을 달고 돌진하는 수놈처럼 활주로로 내려앉는다.

비릿한 냄새에 코를 쿵쿵거리던 나는 시선을 옆으로 옮긴다. 연일 기를 쓰며 몸체를 불리던 재색 콘크리트 건물의 외양이 거의 드러났다. 도로 건너 이편에 지어진 구청 건물에 비하면 규모가 작다지만 그래도 10층쯤 돼 보인다. 이제 내부 공사에 들어가겠지, 내 블로그처럼. 나는 여러 달 전에 엠파스에 블로그를 하나 만들었다. 모든 양식을 하나하나 만들어야 하는 홈페이지에 비해 블로그는 제공되는 공간에 들어가기만 하면 되니까 클릭 몇 번으로 쉽게 방을 얻을 수 있다. 나는 카메라폰으로 찍은 사진들과 스캔한 화집 속 그림을 올리고 나만의 생각과 상상을 가감 없이 적었다. 가상공간을 여행하는 많은 사람들이 내 블로그를 찾았고 메시지를 남기는 경우도 있었다. 익명의 그들에게 역시 익명인 나는 답글을 쓰거나 그들의 방을 인사치레로 방문하기도 하면서 내 블로그를 꾸며 나가고 있다.

호주머니에서 진동이 느껴진다. 문자메시지 신호다. 나는 교탁을 흘끔 바라본다. 선생은 등을 돌린 채 칠판에다 열심히 수학 문제를 풀고 있다. 나는 휴대폰을 책상 아래에 감춘 채 폴더를 연다.

─날씨죽인다존나심란해튀고싶어.

나는 폴더를 덮고 다시 밖으로 시선을 돌린다. 수업 중에, 그것도 맨 앞자리에 앉아서 문자를 날리는 솜씨가 대단하다. 늦게 배운 도둑질에 날 새는 줄 모른다더니 민지가 딱 그 모양이다.

교실 뒤편에 초록색 사물함이 일렬로 놓여 있다. 학생 수에 맞추어 열일곱 개 곱하기 이층이다. 너거 반은 사물함 위가 깨끗해서 좋아, 다른 반은 문제집이나 체육복이 수북이 쌓여도 치울 줄을 모르는데 말이야, 라는 말을 수업 중에 자주 듣는 걸 보면 담임의 취향 같기도 하지만 아무튼 우리는 사물함 위에 개인 물건을 올리지 않는다. 대신 자그마한 화분 두 개와 칫솔

통이 있다. 칫솔 통은 1.5리터 페트병을 잘라서 분단별로 사용하니 모두 네 개다. 다른 분단은 가운데를 자른 페트병에 칫솔을 한꺼번에 꽂아 놓았는데 우리 분단 것은 가로로 눕힌 페트병에 칫솔이 하나씩만 들어가게 구멍을 내놓았다. 2학기를 시작하고 얼마 지나지 않은 어느 날인가 우연히 바라보니 다른 칫솔모가 내 칫솔에 닿아 있었다. 서로 다른 구멍의 두 칫솔을 마주 보게 돌려 놓고 칫솔모끼리 꼭 붙여 놓은 것이 눈에 띄었다. 나는 약간 기운 뻣뻣한 내 칫솔과 기울기가 심한 보라색 칫솔을 휴대폰으로 찍었다. 그 날 밤 컴퓨터에 연결시켜 보니 사진이 괜찮아 보였다. 블로그에 올릴 때는 작은 소리가 따라 붙었다. 나도 모르는 사이에 아랫니와 윗니를 딱딱 부딪치고 있었다. 잇몸이 근질거리고 침이 고였다. 그 순간 누군가 일부러 칫솔을 붙여 놓았다는 생각이 스쳤다. 다음날 나는 도서실에 가지 않고 급식소에서 일찌감치 올라와 그 보라색 칫솔의 주인이 누군지 곁눈질했다. 어쩐지 마음이 설레기도 했는데 칫솔을 집어 드는 애가 범생이로만 보였던 민지라서 피식 웃고 말았다. 그런데 며칠 뒤 야간 자율학습 시간 도중에 보니 두 칫솔모가 저번과 같이 붙어 있었다. 그 순간 민지의 입술이 내 입술에 닿는 서늘한 감촉이 느껴졌다. 서너 번 같은 장면이 계속되자 나는 민지의 뒷모습을 자주 바라보게 되었다. 민지는 맨 앞자리에 앉아 어느 시간이든 열심히 선생 말을 듣거나 필기를 했고 쉬는 시간에도 책만 들입다 파고 있었다. 나는 민지의 행동이 장난인지 수작인지 고민하다가 하루는 내 젖은 칫솔모를 보라색 칫솔모에 기대 놓았다.

－샤프해서 금방 알아챌 줄 알았는데 생각보다 시간이 좀 걸렸네.

민지가 보낸 문자가 내 창에 뜨고 나는 발신자 번호를 저장하면서 우리는 친구가 되었다.

쉬는 시간이 되자 교실은 금세 아수라장이 된다. 화장실도 같이 다녀야 하는 무리들이 우르르 움직이고 매점을 다녀온 아이들은 햄버거나 과자를 부스럭거리는 한편 어디론가 전화를 걸기도 한다. 이제 세 시간을 마쳤을 뿐인데 벌써 두어 명이 가방을 들고 일어선다. 방학 중 특기적성수업의 출결상황은 생활기록부에 올라가는 게 아니기 때문에 수업 빠지는 걸 쉽게 생각하는 학생들이 점점 늘고 있다. 흐, 특기적성이라고 말해 놓고 보니 우습기 짝이 없다. 강제적으로 신청하게 해 놓고 하루 여섯 시간을 문제집 풀이로 일관하는데 무슨 특기고 적성이란 말인가. 학교라는 담 안에서는, 자율은 대개 강제를 의미하고 체벌은 사랑, 인격은 성적으로 통하는 것과 비슷하다. 단어 고유의 뜻대로 쓰이지 않아도 아무도 토를 달지 않는 걸 보면 과

연 대학이나 수능이라는 말은 무소불능의 권력을 가진 것 같다.

호주머니 속에서 휴대폰이 부르르 떤다.

－답이 없네, 같이 있고 싶은데. 도서실로 갈까?

꼬박꼬박 문장부호를 붙인 걸 보니 민지가 제법 골이 난 모양이다. 아닌게아니라 학교에 있기에 아까운 날씨이긴 하다. 낮게 깔린 하늘처럼 마음도 한정 없이 흐려지는 겨울, 내리는 비와 그 비가 떨어지는 바다나 호수를 보고 싶다. 민지와 같이라면 더욱 좋을 것이다. 하지만 나는 니알아서, 라고만 날린다.

정혜욱, 너, 민지에게 바람 넣지 마. 민지는 우리 학교 유망주라서 모두가 주목하고 있어. 담탱이에게 그런 말을 듣는 게 억울하기 짝이 없었지만 대거리하기는 싫었다. 여자애가 껄렁껄렁하게 그게 뭐냐? 교복 좀 단정하게 입어라. 걸음걸이하곤, 선머슴이 따로 없다야. 담탱이 옆자리에 앉은 선생의 말을 뒤로 하고 나는 교무실을 나와 버렸다. 갑자기 왜 피하느냐고 묻는 민지를 납득시키기는 더 난감했다. 그저, 공부짱과 친하려니 보는 눈들이 많네, 라고 말했을 뿐이다. 어떤 인간들이? 민지의 입에서 대번 거친 소리가 나왔다. 너 만나는 거하고 내 공부가 무슨 상관 있다고. 혜욱아, 너도 그렇게 생각해? 민지의 물음에 나는 다소 짜증 난 목소리로 말했다. 아니라고 하면서

중간고사 성적 갖고 난리는 왜 쳤냐. 그건 컨디션이 나빴을 뿐이야. 난 공부까지 내팽개치고 널 만나진 않아. 공부해서 얻는 것이 얼마나 많은데. 성적만 좋으면 집이고 학교고 만사 오케이잖아. 무슨 짓을 해도 그냥 넘어가는데다가 남들에게 지고는 못 견디는 내 성격에도 딱 맞지. 그러니 공부 안 할 이유가 없어. 정혜욱 때문에 성적 떨어졌다고 찔찔 짜지 않을 거니까 너도 구질구질하게 남 눈 의식하고 그러지 마. 나는 담탱이가 시비 걸었다고 말하려다가 다른 말로 매조졌다. 어쨌든 어울려 좋을 건 없어. 교실에서 같이 없어지기도 어렵잖아. 도바리를 치더라도 담탱이나 반 애들이 우릴 같이 엮지 못하게 해야 돼. 아휴, 또 그 명령조. 알겠어, 그렇게 할게. 참, 천하에 겁나는 게 없는 내가 왜 이런지 몰라. 정혜욱이라면 꼼짝 못 하니 말이야. 나 역시 내 말을 고스란히 받아들이는 민지가 신기하긴 했다. 담탱이는 믿지 않겠지만.

다시 비행기가 내려앉고 있다. 나는 급히 창을 열고 휴대폰을 겨냥한다. 길게 누운 불빛과 비행기를 한꺼번에 잡아 두세 컷 찍는다. 사진이 잘 나와 준다면 제목을 〈페니스와 물뱀〉으로 하고 싶다. 해초처럼 물 속에 길게 누워 사랑을 나누는 구스타프 클림트의 그림 속 물뱀을 스캔해서 사진 옆에 나란히 올리는 것도 괜찮겠다. 이렇게 짙은 안개 속이라면 누구라도 클림트의 여인같이 몸을 길게 늘인 채 꿈꾸듯 눈을 감고 싶을 것 같다. nunjjang의 답글이 벌써부터 기대된다. 블로그에 사진이나 그림을 올릴 때마다 가장 먼저 긴 글을 꼬리처럼 남기는 눈짱이 누구인지 시간이 갈수록 궁금해진다. 주인 프로필에 내 정보를 공개시킨 것이 하나도 없으니 눈짱 또한 나를 알 수 없을 것이다. 우리는 그저 무중력의 공간에서 사진과 그림을 매개로 긴 이야기를 나누고 있을 뿐이다. 내 사진이 그, 혹은 그녀의 시선을 끌고 눈짱의 글이 내 마음을 움직이면서 화면으로만 소통하고 있을 뿐이다.

카메라폰으로는 마음먹은 대로 사진이 잘 나와 주지 않을 것 같다. 디카, 620만 화소에다가 팔각형 벌집 모양의 수퍼 CCD허니컴을 가진 후지 파인픽스, 오려 놓은 잡지 광고는 벌써 끝이 헤실바실한데 엄마는 꼼짝 않고 있으니 답답하기만 하다.

나는 민지의 대각선 건너 테이블에 식판을 놓고 앉은 다음 젓가락으로 밥알을 건성으로 들어올리며 건너편만 뚫어져라 바라본다. 민지는 숟가락을 허공에 든 채로 옆 친구의 이야기를 듣고 있다. 눈을 동그랗게 뜨고 입술을 앞으로 약간 내민 모습이 뭔가 심각해 보인다. 대각선 건너 테이블에 앉아 있는 내게는 눈길 한 번 없다. 얼굴을 반쯤 돌리고 귀를 기울이던 민지가 한참 만에 고개를 끄덕인다. 민지만큼 학교의 총애를 받고 있는 옆 친구도 흡족한 듯 그제야 수저를 든다. 한 교실에 있다고 다 친구가 되는 거 아니다, 너. 격과 차원이 있는 거지. 민지와 경아는 이 학교 들어오기 전부터 친구였어, 몰랐니? 건성으로 뜨는 국물 위로 담탱이의 말이 떠오른다. 그러자 기분이 국속의 오징어처럼 오그라든다. 경아가 무슨 말을 했는지 이제 민지는 밥을 먹다 말고 몸을 흔들며 까르르 웃는다. 경아가 민지의 머리칼을 뒤로 넘겨 준다. 그 모습을 바라보며 나는 어쩔수 없이 혼자만의 질문으로 빠져들고 만다. 둘은 무슨 이야기까지 나누는 사이일까. 우리가 나누었던 말과 몸짓들은 어떤의미를 가질까. 민지는 나를 어떻게 생각할까. 나는 거칠게 식판을 치며 잔반을 내리쏟고 식당을 나와 버린다.

도서실에 들어가니 1학년이 한 명뿐이다. 민지로 인해 거칠어진 마음 때문에 그 애의 환한 얼굴이 무색할 정도로 내 말투는 딱딱하다.

다른 애들은?

제가 오늘 당번이라서…….

혼자? 혼자서 일이 다 돌아가니? 우리 학년도 최소한 세 명씩은 해. 요령 피우다가 책이라도 잃어버리면, 입력 잘못 시키면 누가 책임지니?

죄송해요.

이제 신학기면 너희들이 책임 라인이잖아. 후배들도 들어올 거고.

잘못했어요.

됐어, 밥 먹으러 가.

오후에 애들 모을게요.

됐다니까.

안경 너머로 나를 올려다보는 후배의 눈이 흔들린다. 곤혹 스러워하는 기색이 역력하다. 나는 착실하게 일을 해 왔던 후 배에게 미안한 마음이 들었으나 때마침 책을 대출하려는 학생 이 있어 서둘러 메인컴퓨터 앞에 앉아 버렸다. 목례를 하면서 물러서는 후배에게 눈길을 주지 않고 대출자가 내미는 학생증 과 대출 도서에 바코드 리더기를 들이댄다. 화면에 학생 이름 과 책 제목이 나란히 뜬다. 나는 반납 일자를 주지시키며 책과 학생증을 건넨다. 반납된 도서 역시 같은 절차를 통해 한쪽에 쌓아 둔다. 들어온 책은 얼른 제자리에 꽂아 두어 빨리 회전을 시켜야 하겠지만 혼자서 그 일까지는 하지 못한다. 그새 높이 쌓인 책을 한쪽으로 밀치는데 펼친 채로 엎어 놓은 책이 걸린 다. 앞표지에 하늘과 구름이 반사되어 커튼의 무늬인지 실제 하늘인지 혼동되는 그림이 있는 르네 마그리트의 화집이다. 그림을 다시 보니 하늘은 멀리 있고 커튼은 훨씬 앞쪽이다. 그러면서도 풍경이 같이 흐르는, 마그리트식의 낯선 배치다. 나는 책장을 넘기며 이미지들의 독특한 결합을 본다. 출렁이는 바다 위에 커다란 돌과 성채가 떠 있고 걸려 있는 옷에 가슴이 노출되어 있거나 단정히 놓인 구두 끝은 발가락 그 자체다. 앞을 거울로 가리고 있는 여자가 있는데 거울 속의 또다른 여자는 뒷모습을 보이고 있다. 실내와 실외가 넘나들고 밤하늘을 나는 낮새도 있다. 언젠가 내가 스캔해서 블로그에 올렸던, 물고기 상체에 다리는 인간 형상을 한 채 바닷가에 누워 있는 인어 그림도 있다. 그림 속으로 빨려들어가던 나는 대출 절차를 기다리는 학생의 기척에 책을 덮는다. 하지만 머릿속에는 그 영상들이 여전히 자리잡고 있다. 바코드 작업을 하는데도 시계에만 눈이 간다. 인터넷 서핑을 하고 있는 학생들을 곁눈질한다. 학생들이 가고 나면 오전에 찍은 사진을 컴퓨터에 연결시키고 오늘 날씨처럼 몽롱한 그림을 스캔해서 블로그에 같이 올리고 싶다. 그 정도면 5교시 수업과 맞바꾸어도 아쉬울 것 하나 없다.

어깨에 가만히 내려앉는 손이 느껴진다. 뜨거운 낙인이라도 찍힌 것같이 놀라 내 몸은 대번에 뻣뻣해진다. 마우스를 쥐고 있던 손조차 움직일 수 없다. 오후 수업을 알리는 예비종에 따라 모든 학생들이 빠져 나갔고 나 역시 밖으로 나가는 척했다가 들어왔으니 분명히 이 곳, 도서실에는 아무도 없어야 했다. 안에서 출입문을 잠그고 철망 샛문까지 닫았으니 그 사이 누가 들어오지도 않았을 것이다.

뭘 그리 놀라?

민지가 새치름하게 옆에 앉으며 말했다.

내 아지트를 들키지 않았다는 안도감에 가슴을 쓸어 내리면서도 말은 퉁명스럽게 나왔다.

언제 왔냐? 수업은 어떡하고?

아까 못 봤어? 마칠 때쯤 해서 왔는데.

5교시 시작했잖아.

너도 빠져 놓고 그런 말은 왜 하니?

너하고 나하고는 다르잖냐, 너야 온 학교의 기대를…….

그만 해라아, 듣기 싫어하는 거 알면서. 그리고 영어 시간에는 출석 잘 안 불러.

그럼, 그렇지. 천하의 신민지가 계산 없이 움직이겠냐.

야, 정혜욱. 너, 왜 그래? 골난 사람은 난데.

네가 왜? 문자메시지에 금방 답 안 해 줬다고?

그래, 전에는 그러지 않았잖아. 요즘 정말 이상해졌어. 내가 싫어졌니?

나는 입을 닫아 버린다. 이런 식으로 주고받는 건 말이 아니라 가시고 상처이기 때문이다. 혼자 왜곡하고 괴로워하며 마음만 후벼 파는 집착일 뿐이다. 흥분이거나 불안이거나, 내면이 보이는 인물들 뒤로 시커멓게 그림자가 생기는 뭉크의 그림처럼 사랑은 집착의 검은 그림자를 달기 마련인지도 모른다, 엄마처럼.

간밤에도 엄마는 아버지에게 전화를 걸어 욕을 쏟아 부었다. 저녁을 먹고 난 뒤 양치질을 하려고 욕실에 들어간 내가 낯선 머리카락을 발견한 게 화근이었다. 모처럼 반찬이 좋아 어쩐 일인가 싶었더니 낮에 남자가 다녀간 모양이었다. 나는 휴지에다가 굵고 짧은 머리카락을 훑어 엄마 얼굴에 들이대었다. 그래도 엄마는 낯빛 하나 바꾸지 않고 상관 말고 네 할 일이나 해, 라고 말했다. 그러지 않아도 디카 때문에 며칠 동안 찌그럭거렸던 나는 휴지를 바닥으로 던지며 더러워, 라고 뇌까렸다.

너, 지금 뭐랬어?

더럽다구, 정말 불결해. 꼭 집에까지 끌어들여야 돼?

건방진 년, 이제 아주 엄마까지 가르치려 드는구나. 지 애비 자식 아니라 할까 봐.

그러게 누가 같이 살재? 엄마 속셈 모를 줄 알고? 생활비 받기 위해 날 붙잡고 있는 거 다 알고 있어.

그리 똑똑한 년이 공부는 왜 안 해? 에미 부아 돋구는 거 즐기다가 네가 먼저 망할걸.

남남끼리보다 더한 원색적인 말들이 오고 갔다. 가슴 속에 품고 있었거나 마음 깊이 쟁여 놓은 말도 아니었다. 녹음기의 테이프가 돌아가듯 언제나 똑같은 사설이었다. 멈춤 버튼도 없었다. 엄마는 내 몸을 밀뜨리고 손에 닿는 물건을 마구 던졌다. 방으로 들어가서 문을 걸어 버리면 손잡이를 비틀고 발길질을 계속 해 댔다. 그러고도 나에게 분을 다 못 풀었다 싶은 엄마는 별거 중인 아버지에게 전화를 걸었다. 나는 엄마가 나한테 이년 저년 하는 것보다 아버지에게 개새끼라고 욕을 하는 게 더 싫었다. 하지만 엄마는 한번 꼭지가 돌면 아무것도 보이지 않는 사람이었다. 네 새끼 데려가라고, 너 때문에 인생 조졌다며 고래고래 소리를 질러 댔다. 전화가 끊기면 받을 때까지 다시 걸어 욕을 퍼붓다가 끝내는 울음을 터뜨렸다. 어쩐지 나까지 맥빠지게 하는 울음소리와 함께 전화기나 사진 액자가 바닥으로 던져지고 현관문이 벌컥 열렸다가 닫히는 것까지 모든 게 언제나 똑같았다. 그제야 나는 거실로 나와 깨진 유리며 널브러진 전화기를 물끄러미 보았다. 그럴 때 아버지의 어깨에 몸을 기대고 있는 엄마의 사진을 보면 엄마는 생활비 때문이 아니라 아빠를 괴롭히기 위해 나와 산다는 생각이 들기도 했다. 양가에서 반대하는 결혼을 밀어붙였다던 두 사람의 사랑은 어디로 갔는지 그저 환멸스러울 뿐이었다. 사랑은 왜 옅어지거나 낡아 가는 것이 아니라 똑같은 크기의 악감정으로 변해 서로를 다치게 하는지 모를 일이었다. 나뒹구는 전화기를 카메라폰으로 찍거나 유리 조각을 줍다 보면 저절로 민지가 떠올랐다. 그럴 때면 10분도 안 지나서 깨져 버리는 다짐이지만, 민지와 끝내야지, 라고 스스로 결심하곤 했다.

혜욱아, 욱아.

낮은 음성과 함께 민지의 팔이 내 어깨에 놓인다.

미안해, 짜증 내서……. 표정 좀 풀어라, 응? 네가 갑자기 말을 끊고 가만히 있으면 내가 미쳐 버릴 것 같단 말이야.

민지는 대꾸 없이 앉아 있는 내 어깨를 돌려 귀밑 목덜미에 입을 맞춘다. 그 자리가 불에 데인 듯이 뜨겁다. 그래도 나는 민지 쪽으로 얼굴을 돌리지 않는다. 오히려 반대편으로 몸을 빼 스캐너 뚜껑을 열고 마그리트의 화집을 뒤집었다. 하지만 손이 떨려 허둥거릴 뿐이다. 몸이 이미 민지에게로 쏠려 스캔이 제대로 되지 않는다. 바짝 당겨 앉는 민지의 허벅지와 스캐너 쪽으로 숙인 머리칼의 샴푸향에 머릿속이 하얗게 비워진다.

마그리트네, 오늘 같은 날씨에는 클림트나 쿠르베가 좋은데.

오른쪽 어깨에 놓였던 손가락으로 내 귓불을 만지면서 민지가 말한다. 귓불의 자극으로 온몸의 세포가 우우 일어선다. 머릿속이 벌들이 날듯 붕붕거리고 기포가 부글거리는 대중탕 욕조 한가운데 서 있는 것처럼 다리가 저절로 움찔거린다. 더 이상 견딜 수 없다. 나는 몸을 조금 돌리며 민지의 팔을 푼다. 동시에 민지는 내 허벅지에 엉덩이를 포개며 내 얼굴을 껴안는다. 민지의 도톰한 가슴이 내 어깨에 닿고 내 젖무덤은 상체를 쭉 세운 민지의 민틋한 배와 만난다. 나는 윗옷 안으로 손을 넣어 민지의 쇄골과 가슴을 만지고, 민지의 혀는 내 입술에 닿는다. 벗어, 널 보고 싶어. 나는 더 이상 참지 못하고 민지를 일으키며 짧게 명령한다.

이 포즈 어디에서 봤더라?
내 가슴에 제 볼을 대며 민지가 말한다.
쿠르베.
내가 짤막하게 대답하자 민지가 다시 말한다.
아, 맞아. 〈잠자는 여인들〉. 근데 우리 몸도 그런 곡선이 나올까? 빨리 가슴 수술을 하고 싶어.
민지는 손 안에 고스란히 잡히는 자신의 젖무덤을 감싸며 말한다. 나는 복숭아꽃 몽우리같이 작고 연한 민지의 젖꼭지를 손가락으로 가볍게 퉁긴다.

수술은 무슨, 네 선이 얼마나 이쁜데. 모딜리아니가 봤으면 그리고 싶어했을 거야. 〈누워 있는 나부〉보다 더 멋진 곡선이야. 나도 찍고 싶은걸.

또 그 얘기. 네 블로그에 올리려고?

다 찍는 건 너도 안 할 거 같고, 쿠르베의 〈세계의 기원〉처럼 그 부분만 찍고 싶어. 얼굴이 없으니 나만 알 거 아냐? 네 거라고. 짜릿할 거 같지 않냐? 하지만 야동이라고 운영자에게 걸릴 거야.

참 웃긴다, 그렇지? 그 그림은 150년 전에 나왔는데.

그건 예술이라니까, 무엇이 야동이고 무엇이 예술인지는 모르겠다만.

민지가 내 머리카락을 올올이 만지자 몸은 더욱 나른해져서 바닥으로 스며들 것만 같다.

우리도 이대로 자면 좋겠다.

나는 눈을 감은 채로 말한다. 그림의 그 여자처럼 내 얼굴도 발그레해져 있을까, 거울을 비추어 보고 싶다는 생각을 얼핏 하고 있는데 민지의 목소리가 들린다.

그 그림처럼 푹신한 침대 위면 좋은데. 그나마 저 온풍기라도 있어서 다행이지 뭐니. 야, 여기서 자면 안 돼. 일어나자, 곧

종도 칠 건데.

눈 뜨기가 싫다. 생의 중간중간을 조금씩 도려 낼 수 있다면, 널린 옷을 주섬주섬 집어 몸에 꿰야 하는 이 순간을 잘라 내 버리고 싶다. 머쓱하고 쓸쓸한 이 마음을 생의 뒤란으로 보내고 싶다. 민지에 대한 사랑과 적의가 한꺼번에 몰아쳐서 눈물이 나오려고 한다. 체온이 빠져 나가 소르르 소름 돋는 내 몸을 상처 내고 싶다. 프리다 칼로처럼 가시 목걸이를 두르거나 온몸을 난자당하고 싶다.

참, 혜욱이 너,「비상구」읽었니?

그게 뭔데?

담탱이가 내 준 읽기 자료집에 있어. 40, 50페이지짜리 프린트물 있잖아. 거기 묶여 있는 소설인데 굉장해.

민지는 미끈한 엄지와 중지로 두께를 가늠하며 말한다. 여러 파트로 나뉘어진 국어 보충수업 중 담탱이 시간에는 소설을 읽는다. 따분하게 반복하는 문제 풀이가 아니라서 대부분의 학생들이 그나마 덜 지루한 시간이라고 생각하는 수업이었다. 나만 하더라도『서울, 1964년 겨울』과『중국인 거리』를 빨려들어 가듯 읽었다. 수능에 나온다는 설명은 건성으로 들었으나 소설들이 주는 황량하고 쓸쓸한 분위기는 내 몸에 감긴 채로 오래도록 남았다.

아직 수업한 건 아닌데 누가 먼저 읽어 봤나 봐. 아까 경아에게 들었는데 전교에 소문이 다 퍼져서 난리 났다더라. 우리 담탱이가 한 번씩 사람을 웃겨. 그 소설에서 비상구가 뭔지 아니? 여자의 성기야. 삐끼와 술집 여자가 주인공인데 내내 여관에서 섹스하고 폭주 뛰고 그것도 모자라 여자의 그 곳을 면도칼로 밀어. 어찌나 흥분되는지 내 아랫도리가 온통 젖는 거 있지.

야동도 아니고 그런 소설을 수업 시간에 왜?

글쎄, 그건 두고 보면 알겠지, 언어 영역에 나올 글은 아니겠지만 뭔가 의미가 있는지도. 그건 그렇고 교목이 이 일로 칼을 갈고 있다더라. 수업 시간에 이상한 거 가르친다고 누가 벌써 찔렀나 봐. 전에 채플 시간 없애는 문제로 학부형 조종했다고 선생들끼리 편싸움했잖아. 재단파와 비재단파, 그 후속타인가 봐.

재미있네, 내가 볼 때는 교목이나 담탱이나 다 똑같아 보이는데.

글쎄 말이야. 그래도 싸움 구경은 재밌잖아. 아참, 여기 김영하 소설책 있어?

김영하?

「비상구」 작가야, 야시시한 다른 소설도 있을 거 아냐. 「비상구」를 보니 너절하지 않고 맘도 아픈 게 좋은 소설 같더라.

그래? 메인컴퓨터에서 검색해 보든지, 아님 저기 책장에 가서 직접 찾아봐, '김'이면 제일 안쪽 줄, 두 번째 칸에 있겠네.

도서부장 특권으로 지금 대출해 줄 수 있겠지?

민지가 책장으로 성큼성큼 걸어간다. 나는 출입구 쪽을 힐끔거리며 민지에게 밖에 누가 지나가면 안 되니까 몸을 낮추라고 말한다. 잠시 뒤, 쉬는 시간을 알리는 차임벨과 민지의 비명이 동시에 들린다. 건성으로 뒤적거리고 있던 마그리트의 화집을 땅에 떨어뜨리며 나는 민지에게로 달려간다. 책꽂이 안쪽에, 맙소사, 점심 먹으라고 내보냈던 후배가 서 있다.

너, 너 뭐야?

눈앞이 아뜩하여 말이 이어지지 않는다. 고개를 숙인데다 긴 머리칼에 가려 표정을 알 수 없는 후배 역시 말이 없다. 잠시의 정적을 끊고 민지의 비아냥거리는 목소리가 좁은 책꽂이 사이에 낮게 울린다.

이거, 내가 불청객이었던 거 아냐? 미리 약속된 거 아니냐고?

내가? 무슨 말이야?

혜욱이 너, 이럴 줄 몰랐어.

나는 나대로 무슨 영문인지 몰라 그새 표독스럽게 변한 민지의 얼굴을 바라본다. 민지의 입가에 머무는 냉소가 날카로운 바늘이 되어 내 얼굴로 날아오는 것 같다.

나를 쏘아보던 민지는 말문을 후배에게 돌린다.

너, 내가, 혜욱이 주위에 얼쩡거리지 말라고 그랬지? 글도 그만 올리라고 분명히 경고했을 텐데 이게 아주 선배 말을 우습게 알고, 야, 고개 들어!

후배가 얼굴을 들며 민지를 쏘아본다. 나는 머릿속으로 지금 돌아가고 있는 말을 수습하면서 후배의 얼굴 쪽으로 올라가는 민지의 손을 급히 잡는다. 민지는 손을 비틀어 빼려고 하지만 내 손아귀의 힘을 이기지 못한다.

나쁜 년, 혜욱이가 올리는 사진마다 온갖 말로 아양을 떨더니 이제 아주 나하고 맞짱 뜨자 이거야? 그래, 저 선배가 너더러 여기 오라고 하디?

나는 후배에게 표독스럽게 말하는 민지를 내 쪽으로 돌려 세우고 도대체 무슨 말이냐고 묻는다.

설마, 얘가 눈짱이라는 거 몰랐다고 시치미 뗄 생각은 아니겠지?

엄마와 싸울 때처럼 열이 뻗친다. 발끝에서 정수리까지 붉은 고춧가루 같은 것이 세포를 타고 올라오는 것 같다. 머리로 몰린 열기에 몸이 바닥으로 푹 쓰러질 것만 같다. 나는 발끝에 힘을 모으고 민지를 더욱 세게 잡는다.

내가 눈짱을 어떻게 알아? 너야말로 눈짱이 애인 걸 어떻게 알았어? 아니다, 아니야. 지금 이럴 게 아니라 나중에 다시 이야기하자. 내가 돌 거 같아. 다음 시간 담탱이 시간이잖아. 민지야, 수업 들어가라. 너, 너도 가고.

이런 마당에 수업이 되니? 이 손부터 좀 풀어 줘. 겁대가리 없이 덤벼드는 쟤부터 조져 놓고 말 거야.

야, 민지 너, 정말 이럴 거야? 여기서 싸우면? 소리 듣고 선생들, 애들 모여들면 뭐라고 할래. 할 말 있어? 뭐라 말할 거냐고!

민지가 다시 쫑알거리려고 하자 나는 민지 어깨를 꽉 누르며 말한다.

빨리 꺼져, 계속 이러면 너 다시 안 본다. 정말 확 엎어 버릴 거야.

내가 원탁 탁자를 주먹으로 내리치자 민지는 움찔하며 돌아선다. 눈을 치켜뜨며 쏘아보자 후배도 걸음을 떼어 놓는다. 나는 의자에 털썩 주저앉고 만다.

짙은 안개가 운동장에 내려앉아 조례대만 간신히 보일 뿐이다. 도망칠 때마다 한정 없이 길어 보이던 시멘트길도 모래바닥과 섞이고, 이 쪽과 저 쪽을 완강하게 갈라 놓던 담장도 보이지 않는다. 나는 고개를 치켜들고 5반 교실을 바라본다. 노란 운동장과 담장 밖을 하염없이 바라보던 창가 맨 뒷자리가 별안간 그리워진다. 지금이라도 교무실 복도로 돌아가야 한다는 생각과는 달리 나는 계단을 밟고 내려선다. 수돗가 뒤를 돌아 하얀 물방울들이 열매처럼 달린 교목들을 지나, 지각생이나 무단외출을 단속하기 위해 학교가 폐쇄한 후문 앞에 선다. 아무리 단단하게 얽어 놓아도 며칠 못 가서 누군가의 손에 의해 뚫리고 마는 개구멍이다. 3학년 아무개가 아예 공구함을 들고 다닌다는 소문이 있었는데 지금도 자주 뚫리는 것을 보면 누군가 그 일을 물려받았거나 뚫는 사람이 애초부터 여럿이었는지도 모른다. 마름모꼴의 철망 구멍마다에 빗방울이 대롱대롱 걸려 있다. 습관처럼 나는 휴대폰을 꺼내 카메라 렌즈를 돌려 가며 액정 화면을 본다. 저장 버튼을 누를 만한 괜찮은 화면을 기다리다가 어쩐지 맥이 빠져 폴더를 덮어 버린다. 다시 돌아갈 교실을 잃은 것처럼 사진이나 블로그도 그만둘 수밖에 없을 것 같다. 위태위태하게 버티던 일상이 와르르 어그러지는 느낌이다. 다시 담배 생각이 난다.

　여느 때처럼 커튼과 창을 조금 열어 놓고 피웠으면 괜찮았을 것을, 그 순간은 도서실에서 나가야 한다는 생각만 들었다. 인기척을 확인한 다음 문을 잠그고 복도로 나섰지만 여전히 가습이 콩닥거리고 뒤통수에 날카로운 시선이 꽂히는 것 같았다. 나는 복도를 꺾어 돌아 화장실로 들어갔다. 거울을 보며 손을 씻는 시늉을 하다가 맨 안쪽 문을 잠근 다음 옷을 입은 채로 변기에 앉아 교복 안주머니에서 담배를 꺼냈다. 첫 모금을 깊숙이 빨아 당겼다. 마음을 무겁게 압박하는 민지와 눈짱의 일이 연기 속에 조금이나마 엷어지는 것 같았다. 나는 다리 사이로 재를 떨며 천천히 담배를 피웠다. 도서실에서 있었던 일들도 담뱃재처럼 변기 안으로 떨어뜨리고 싶었다. 물과 같이 내려 버려 깊은 정화조 속으로 묻어 버릴 수만 있다면 수학이나 체육 수업도 열심히 할 수 있을 것 같았다. 문득 엄마가 그리웠고 울고 싶어졌다. 나는 새 담배를 입에 물고 불씨를 옮겨 붙였다. 조금 뒤 요의를 느낀 나는 담배를 입에 문 채로 일어서서 바지와 팬티를 내렸다.

옷을 추스르고 꽁초를 휴지에 싸서 버린 다음 문을 열고 나왔다. 나쁜 일은 겹쳐서 온다더니 거기서 젠장, 담탱이와 딱 부딪쳤다. 담탱이가 세면대 앞에서 이 쪽을 향해 버티어 섰고 얼굴마저 마주친 마당이라 옴짝달싹할 수도 없었다. 도서실에서 눈짱을 보았을 때처럼 놀람과 체념이 한 덩이가 되어 몸을 옭아매었다.

너니? 손 씻으러 왔다가 연기가 나기에 기다리고 있었더니만…….

수업 아니세요?

내가 엉겁결에 한 말에 담탱이는 더 열 받는 것 같았다.

내 수업인 줄 알면서도 빠졌단 말이야? 고작 여기 와서 도둑
담배나 피려고? 대체 생각이 있는 애야, 없는 애야, 응? 삐딱한
일만 골라 하는 게 폼 나는 일이라고 생각하면 곤란하지.

감정이 확 긁혔지만 나는 눈을 찔끔 감은 채 담탱이에게 말
했다.

죄송합니다. ……하지만 폼 내려던 건 아니었어요.

난 너 같은 애를 잘 알아. 네가 무슨 아웃사이더라고, 넌 문
제아일 뿐이야. 그게 네 본질이라고. 가, 내가 수업 마치고 갈
때까지 교무실 앞에 꿇어앉아 있어!

교무실 복도에 가기는 정말 싫었다. 차라리 몇 대 맞고 끝내
면 좋겠다 싶어 나는 그 자리에서 움직이지 않았다. 담탱이의
씨근거리는 숨소리가 가까이 다가왔다.

한번 겨루어 보겠다는 거야? 네가 날 보는 눈빛이 어떤 줄
알아? 내가 교목을 볼 때와 똑같아. 타도 대상을 보는 눈이지.

아닙니다. 그런 마음 없습니다.

잔말 말고 빨리 복도로 꺼져. 널 보면 기분이 나빠. 이번 기
회에 꺾고 말 거야.

내 가슴을 손끝으로 겨누던 담탱이가 먼저 몸을 돌렸다.

역시 철망 한 군데가 뚫려 있다. 나는 철사 줄을 조심스럽게 걷어올리며 구멍을 가늠해 본다. 걷어올린 망으로 왼발을 집어넣어 반대편 땅을 디디면서 구부린 상체를 움직인다. 물방울이 서늘하게 등에 꽂히는 걸 느끼면서 나는 구멍을 통과한다. 쥐고 있던 철망을 놓자 망 사이에 갇혀 있던 물방울이 바닥으로 후드득 떨어진다. 경계를 넘어 길 위에 섰지만 쉬이 발걸음이 떼어지지 않는다. 복도에 꿇어앉는 건 정말 싫었어, 저한테 잡혀 온 것도 아닌데 내 머리를 툭툭 건드리는 수학 샘도 미웠어, 콘크리트 바닥이 너무 차고 습했어, 저려 오는 종아리와 발등은 견딜 수 있었지만 마음이 초라하게 오그라붙는 건 견딜 수 없었어……. 주문을 외우듯 혼자말을 반복했다. 가슴에 걸린 한 덩이의 슬픔을 느끼며 나는 한참 동안 빈 논 위에 걸린 불빛의 행렬을 바라본다.

호주머니 속에서 휴대폰이 진동한다. 짐작대로 민지다. 급하게 쳤는지 띄어쓰기도 마침표도 없다. 칠판 앞을 버티고 선 담탱이와 다소곳이 앉아 있을 민지가 한꺼번에 떠오른다. 그 와중에도 수업에 출석한 민지가 쑥쓸하게 느껴진다.

ㅡ욱아미안해그애입은내가막을게걱정마그리고사랑해。

글자의 나열이 아니라 하나의 이미지로 다가오는 추상화 같다. 민지에게는 어려운 일이 없다. 어떤 일이든 중심에 서서 마음 내키는 대로 생각하고 행동한다. 집착도 대단해서 공부든 친구든 한번 물었던 것이라면 절대로 놓지 않는다. 아마 나라는 인간의 가치도 민지 자신이 선택한 사람이라는 데 있을 것이다. 나는 폴더를 소리나게 덮어 버린다. 민지는 나를 사랑한 게 아니라 자신을 사랑했는지도 모른다. 그렇다면 나는 민지를 사랑했을까? 담벼락 아래 길은 빤하게 놓여 있는데 미로에 갇힌 미노타우로스처럼 나는 허둥거린다.

기어이 빗방울이 듣기 시작한다. 나는 안개 속으로 발걸음을 던지며 학교 담벼락을 따라 걷는다. 비 때문에 걸음 또한 저절로 빨라진다.

지붕 덮개와 플라스틱 벤치가 갖추어져 있는 버스 승강장에 교복을 입은 학생이 두어 명 앉아 있을 뿐 평소의 번잡함은 없다. 이름을 모르지만 안면 정도는 있는 그 중의 하나가 내게 눈인사를 건네고 친구와 같이 버스에 올라탄다. 집으로 가는 길은 아니리라. 나는 은밀한 유대감을 느끼며 그들의 움직임을 눈으로 좇는다.

버스 몇 대가 연이어 멈추었지만 나는 움직이지 않았다. 마음 속으로 이미 비 내리는 호수를 행선지로 정해 두었기 때문이다. 영화를 보거나 블로그를 꾸밀 수도 있지만 길게 드리워진 시간만큼 돈이 넉넉한 게 아닐 때는 버스를 타고 종점까지 가는 게 제일이다. 호수가 보이는 찻집 소파에 몸을 묻을 수 있다면 좋겠지만 교복 차림으로 들어가긴 힘들 것이다. 그냥 지난번처럼 자판기 커피를 들고 외틀어진 소나무 아래에서 평평하게 누운 카키색 호수를 바라볼 것이다. 나는 웃옷을 더듬어 담뱃갑을 확인한다.

인기척이 느껴져서 나는 슬쩍 곁눈질한다. 무장한 안개가 걷히며 눈에 익은 베이지색 코트가 드러난다. 나는 눈짱의 걸음이 나를 향하지 않기를 바라며 못 본 척한다. 내 블로그를 찾는 눈짱과 도서실 후배가 같은 인물이 아니라 할지라도 앞으로는 눈짱의 글을 다시 만날 수 없을 것이다. 나도 눈짱도 블로그 속에서는 자신을 까발릴 수 있으나 현실의 공간에서는 감정 표현이 옥죄일 수밖에 없을 것이다. 설레며 소통하던 길은 막혀버리고 그 아래로 외로움의 고름이 차 오르겠지, 고름이 차서 탱탱하게 부어오른 나에게 담탱이와 엄마는 주저 없이 비수를 꽂을 게고.

눈짱이 옆으로 다가오는 기척을 느끼며 나는 멈추어 선 버스에 올라탄다. 노선지나 번호를 보지 않았으니 기다리던 버스인지는 모른다. 하기야 꼭 호수로 가야 하는 것도 아니니 상관없기도 하다. 나는 교통카드를 들이댄 다음 교실에서와 마찬가지로 맨 뒤 창가 자리로 간다. 앉으면서 보니 눈짱이 버스에 오르고 있다.

－욱아담탱이꼭지돌았어돌아와。

나는 푸른 창에 뜬 민지의 메시지를 들여다본다. 마음 속에서 지금이라도 내려야 한다고, 학교로 달려가야 한다고 속삭이는 소리가 들린다. 마음은 우우 일어서서 차에서 내리지만 몸은 꼼짝 않는다. 안개 사이로 버스가 움직이기 시작한다. 복도 바닥에 무릎을 꿇는 건 정말 싫어. 나는 민지의 메시지를 한 글자씩 지운다.

행선지를 모르는 버스는 우줄우줄 안개비 속으로 흐르고 내일을 모르는 나는 버스에 몸을 맡긴 채 하염없이 밖을 바라본다. 그러다가 나의 시선은 두어 칸 앞에 앉아 있는 눈짱의 뒷머리에 간혹 머물기도 한다.

사막의 눈 기둥

민준에게.

지금은 야간 자율학습 1차시, 나는 네게 편지를 쓴다. 너는 교탁 앞 첫 번째 자리에 앉아 있다. 윗옷은 의자에 걸어 두었나 보다. 잘 다려진 와이셔츠가 푸르게 빛난다. 천장의 형광등이 너만 비추는 것 같다. 연극 무대의 스포트라이트같이 말이다. 뒤에서 바라보는 너의 어깨는 다부지게 벌어져 있다. 브이 자로 이어진 등판도 아주 단단해 보인다. 수학 문제라도 풀고 있는지 팔이 조금씩 움직이고 간혹 어깨와 등이 들썩거린다. 그럴 때면 네 근육의 움직임이 전해지는 것 같아 내 가슴이 자르랑 떨린다.

편지 쓴다고 영어책은 책상 귀퉁이로 내몰아 버렸다. 이러다가 내일 치를 단어 시험에 백지를 내게 될지 모르겠다. 당장 담임이나 감독 선생에게 들킬 수도 있다. 그러면 나는 머리통을 맞거나 꿇어앉게 될 것이다. 너는 안타까움과 걱정을 섞어 나를 보겠지. 어쩌면 보온병에 담긴 향기로운 차를 슬그머니 내 자리에 올려놓을 수도 있겠다.

요즘 같은 시대에 이메일이나 문자메시지가 아닌 편지를 쓴다는 게 이상하긴 하다. 하지만 지금 컴퓨터가 있는 것도 아니고 피시방에 갈 수 있는 형편도 아니니 무작정 적어 본다. 너를 비롯한 대개의 남학생들과 달리 나는 글쓰기를 꽤 즐기니까 말이야. 그러니 이 글은 내 마음을 정리하는 방편으로 그저 끼적거리는 것인지도 모른다. 아닌게아니라 내 마음을 나도 모르겠다. 아침에 눈 뜨면서 저절로 생각나는 사람이 진정으로 사랑하는 사람이라는 소리를 들은 적이 있다. 요즘 나에게는 네가 그렇다. 그렇다고 불알친구인 네게 갑자기 색다른 감정을 갖는다는 건 아니다. 다만 너와 같은 반이 되었을 때 느꼈던 기쁨에서 너무 멀리 왔다는 생각이 나를 우울하게 할 뿐이다. 뭔가 삐걱거리는 느낌, 불투명한 막이 느껴지기 때문일지도 모른다.

오늘 등굣길에 아버지를 만났다. 아침부터 초라한 모습을 보는 게 마뜩찮았던 나는 슬쩍 외면하려고 했다. 하지만 눈이 마주치는 바람에 고개를 숙일 수밖에 없었다. 아버지는 꽃을 든 손을 어깨 높이로 올리며 내 쪽으로 다가왔다.

"창우야, 밥은 먹었어? 이 진달래꽃, 색깔이 곱지? 햇빛이 없던데 제법 올라왔어. 나도 미처 몰랐는데 그늘로 먼저 찾아드는 꽃도 있나 봐."

그렇게 말하면서 아버지는 희미하게 웃었다. 나는 뭔가 대꾸할 말을 찾고 싶었으나 그러지 못했다. 그늘진 아버지의 얼굴에서 눈씨를 거두고 바쁜 듯이 걸음을 재촉하고 말았다.

네가 알다시피 우리 슈퍼는 일 년 내내 거의 볕이 들지 않는다. 그렇다고 그것이 문제가 되었던 건 아니다. 아파트에 곁다리처럼 붙은 상가라는 게 그래. 집이 앉은 위치나 방향은 오로지 입주민의 발걸음을 잡을 수 있느냐 없느냐에 따라서만 중요할 뿐이지. 그런 의미에서 우리 슈퍼는 나쁘지 않았다. 그린아파트 사람들은 물론이거니와 큰길을 오가는 사람도 제법 드나들었으니까. 그렇게 십 년 가까이 우리 식구들을 먹여 살렸던 '그린마트'인데 요즘은 문을 닫아야 할 판이다. 왜냐고? 모르겠니? 동네 어귀에 있는 대형 할인 매장 때문이지. 가까운 곳에 그렇게 큰 매장이 생겼는데 누가 우리 슈퍼를 찾겠니. 작년 겨울 이후로 매상이 반 이하로 줄었다고 부모님은 날마다 울상이다. 앞으로 점점 더 심각해지겠지. 결국 우리는 빈털터리로 어디론가 내몰리게 될 거야.

후, 내가 지금 무슨 말을 하는 건지 모르겠다. 한정 없이 바쁘기만 한 네게, 공부 외에는 아무것도 생각하기 싫다는 네게 이 무슨 말들인가 말이다. 네 말처럼 요즘 내가 너무 예민해진 탓일까? 왜 이럴 때마다 남아메리카의 아타카마가 떠오르는지 모르겠다. 너도 생각나지? 얼마 전 지구과학 시간에 화면으로 보았던 그 사막 말이다. 누렇게 펼쳐진 그 고원 사막은 끝이 보이지 않았다. 3000미터인지 4000미터인지 아주 높은 그 곳은 물 한 방울조차 나지 않는다고 했다. 그러니 그런 곳에 눈 기둥이 늘어서 있는 게 신기할 밖에. 꼭 조각난 피라미드가 펼쳐져 있는 것 같았다. 너는 어떻게 봤는지 모르지만 나는 그저 신기하기만 하더라. 그래서인지 지금까지도 길을 걷다가 문득, 수업을 하다가도 문득, 옅은 졸음에 빠져들 때도 그 눈 기둥이 순간순간 떠오른다. 공부하기 싫으니까 별 생각을 다 한다고? 그래, 잘못했다. 이제 영어 단어를 외워 볼게. 네가 걱정하지 않도록 노력할게.

*

　다시 민준에게.
　지난 주와 마찬가지로 지금도 야자 1차시다. 그 날 적었던 편지는 끝내 네게 전하지 못했다. 친구끼리 편지를 쓴다는 게 이상한데다가 무엇보다 네가 답장 부담을 느낄까 싶어서였다. 아니다. 솔직히 말하면 너의 답장을 받지 못할까 봐 두렵고, 매 순간 편지를 기다릴 나를 견디기 힘들어서인지도 모른다. 하지만 오늘 나는 다시 편지를 쓴다. 길기만 한 시간을 주체할 수가 없어서라 해도 좋고, 뭔지 모를 초조함이나 불안감 때문이라 해도 할 수 없다.

편지를 쓰는 동안 신경을 건드렸던 소곤거림이 점점 커진다. 얼마 지나지 않아 그 소리는 교실의 여기저기로 퍼져 웅성거림으로 변한다. 회초리를 내려치는 소리가 복도 쪽에서 들린다. 감독 선생이 일부러 벽을 치면서 지나가는 것이다. 알아서 조심하라는 뜻이다. 회초리 소리가 반장의 역할을 깨닫게 했는지 민준, 네가 뒤돌아본다. 네가 인상을 구기자 누군가가 종이를 흔들어 보인다. 내일 있을 토론 수업 때문이니 봐 달라는 뜻인 게다. 하지만 워낙 성정이 예민한 너는 참지 못한다.

"너네 모둠만 하는 일도 아니잖아. 준비는 나중에 하고 지금은 조용히 해라."

"언제? 야자 마치고 열 시에? 그 때는 또 학원 가는 놈이 있는데."

"그렇다고 자습 분위기를 망치면 안 되잖아."

"에이 씨, 뭐야? 그럼, 네가 토론방이라도 마련해 주든지."

갑자기 재희가 대화에 끼어들어 날을 세운다.

"너는 같은 팀도 아니면서 왜 그래?"

"보고 있자니 떫어서 그렇다. 공부하자는 건데 그것 좀 못 봐 주나? 왜, 쟤들이 너보다 잘할까 신경 쓰이는 거냐?"

학급 녀석들이 일제히 고개를 든다. 너와 재희 사이에 형성된 저기압 전선이 흥미롭겠지. 둘의 사이가 나쁘다는 건 녀석들도 다 알고 있으니까 말이다. 그러지 않아도 갑갑하고 지루한 시간, 녀석들은 누구 하나가 흥분하길, 꼭지가 돌기를 바랄 것이다. 나 역시 다르진 않다. 교실에서 일어나는 싸움이라면 얼마든지 재밌게 봐 줄 수 있다. 하지만 지금은 그럴 상황이 아니다. 너와 재희 사이에서 벌어지는 일이라면 유쾌한 기분일 수 없다. 마침 그 때 네가 나를 본다. 공교롭게 재희의 시선 또한 나를 향한다. 허공에 보이지 않는 삼각형이 그려지는 느낌이다. 나는 재희를 향해 눈살을 찌푸리며 고개를 흔든다. 그러자 재희가 자리에서 일어나 문을 열고 교실 밖으로 나가 버린다. 에이, 뭐야. 두런거리는 소리가 들리는 듯싶더니 이내 조용하다. 애들은 모처럼의 구경거리가 싱겁게 끝나 버려 아쉬운 것이다.

너도 다른 애들처럼 이내 책을 내려다본다. 너의 어깨와 등판으로 환한 형광등 불빛이 내려앉는다. 하지만 나의 느낌일까, 어쩐지 너의 어깨가 들썩여 보인다. 좀 전의 부딪힘도 네 부드러운 성정으로는 감당하기 쉽지 않을 테니까 말이다.

그렇게 왜 반장 같은 걸 했냐고 다시 묻고 싶다. 2학년이 되자마자 너는 반장에 출마할 뜻을 비쳤다. 네 성격을 잘 아는 나로서는 의외였다. 하는 게 유리하대, 너는 남 얘기하듯 네 어머니를 초들어 말했다. 다행히 우리 반에는 초등 학교, 중학교를 같이 다닌 애들이 제법 있었다. 그들이 내게 던지고 싶어하는 표를 나는 네게 몰아 주었다. 너와 너의 어머니는 고맙다고 했지만 나는 그 말 자체가 싫었다. 초딩 이후로 우리는 늘 하나라고 믿고 있으니까 말이다. 그런데 민준, 반장을 하는 것이 대학 가는 데 유리하다고 해도 나는 섬세한 네 마음이 다칠까 봐 걱정이 된다. 네가 스트레스 받을까 봐 때때로 가슴을 졸인다.

참, 피자 잘 먹었다. 두 사람 앞에 한 판씩이나 돌렸으니 돈이 많이 들었겠다. 그 날 학년실 앞에서 네 어머니도 만났다. 뛰어가서 인사했는데 썩 반가워하지는 않더라. 예전에는 참 다정했는데 말이야. 특히 초등 학교 4학년 때는 너와 형제처럼 지내라며 과분할 정도로 잘해 주었지. 그 때는 내가 반장이었나? 그건 기억이 잘 나진 않지만 내가 너보다 덩치가 컸고 공부도 꽤 잘했지. 그러고 보니 나도 여러 번 반장을 하긴 했구나.

복도에서 퍽퍽 소리가 난다. 누군가 재회 걸렸다, 라고 소곤거린다. 그 사이 살그머니 창문을 열어 본 모양이다. 감독 선생의 말도 고스란히 들린다. 인마, 또 너냐? 누가 자율학습 시간에 돌아다니랬어? 그 따위 정신으로 대학 가겠나······. 듣지 않아도 뻔한 말, 선생들은 어찌 저렇게 똑같은 말만 할까? 혹시 무슨 교본 같은 게 있어서 모든 선생이 함께 외우는 것은 아닐까?

이 와중에도 너의 뒷모습은 여전히 완강하다. 선생의 고함 소리도 너의 귀를 통과하지 못하는 모양이다. 이럴 때 나는 어떻게 생각해야 좋을지 모르겠다. 어떤 것에도 방해받지 않고 열심히 공부하는 네 모습이 다행스러우면서 한편으로는 네가 잠시 공부를 멈추기를 원하기도 한다. 나? 나라면 당연히 공부를 못 하지. 아니, 안 하는 건가. 물론, 이래 가지고는 경쟁에서 이길 수 없겠지.

차임벨 소리에 감독 선생의 말이 묻힌다. 대신 교실 안이 갑자기 활기를 띤다. 자리에서 일어나는 녀석, 소리를 빽 지르는 놈, 책을 던지는 녀석…… 그 와중에도 너의 자세는 흐트러지지 않는다. 나는 너의 뒷모습을 바라보며 자리에서 일어선다. 오늘 편지는 아무래도 여기에서 끝내야 할 것 같다. 재희가 어디에 있는지 마음에 걸려서 말야.

*

세 번째, 민준에게.

너도 나도 외동이라서 그랬을까. 우리는 정말 형제처럼 지냈다. 나는 누나들에게 하지 못하는 얘기를 너와 나누었다. 이를테면 짝사랑하던 여자애나 몽정, 자위 같은 거 말이다. 축구가 뭔지도 모를 때부터 같이 공을 찼고 놀이터에서 이런저런 놀이도 많이 했지. 검도를 계속하지 못한 건 아직도 아쉽다. 나는 그 때 처음으로 가난을 느꼈다. 가난은 불편하고 불합리한 데다, 사람을 후줄근하게 만든다는 것을 알았다. 그러니 가난한 사람들은 돈 안 드는 자존심 하나로 현실을 버틸 수밖에. 남들 보기에는 시시하고 보잘것 없다 할지라도 말이야. 그래서였을 거야. 네 어머니가 학원비를 대 준다고 했고 너도 그러자고 했지만 우리 부모는 반대했지. 어린 내가 생각해 봐도 어쩐지 그건 아닌 것 같았고.

이제 공은 안 차기로 했니? 우리는(적다 보니 이상하다. 우리라니? 네가 빠진 우리라는 건 상상할 수조차 없는데.) 지난 주말에도 축구를 했다. 너도 알다시피 토요일 밤마다 공을 찬 지 벌써 몇 년째다. 선수와 약속 시간을 정해 시작한 일은 아니지만 어느새 정기적인 모임같이 되어 버렸지. 네가 처음부터 축구를 즐긴 것은 아니었다. 내가 좋아하고 네 어머니가 권하니 어쩔 수 없이 하는 거라고 말했으니까. 하지만 조금씩 실력이 붙으면서 너도 꽤 몰입했던 것 같다. 음, 지금 생각난 건데 무엇이든 열심히 하는 게 너의 장점인 것 같다. 시작은 잘해도 뒷수습은 서툰 나와 달리 너는 한번 마음먹은 것은 끝까지 밀어붙인다. 그런 성격의 차이가 지금의 너와 나를 만든 것일까? 나는 여전히 공을 차는데 너는 단호하게 끊고, 나는 점점 성적이 떨어지는데 너는 저만치 앞서 나가고 있으니 말이야.

축구를 끝내고 혼자 돌아올 때면 가게에서 캔맥주를 슬쩍하곤 한다. 그런데 그걸 마시고 나면 우리가 졸업한 중학교로 다시 걸음이 옮겨질 때가 많다.

너도 기억하지? 그 날은 영화 〈알렉산더〉를 같이 본 날이었다. 네 전화를 받고 나는 단숨에 밤거리를 질주했지. 무슨 영문인지도 모르면서 말이야. 숨이 턱에 닿도록 달린 쪽은 나였는데 네 얼굴이 더 붉었어. 뭔가 심각한 분위기가 흐르는 것 같기도 하고. 앞장 선 걸음을 네가 멈춘 곳은 운동장 모퉁이, 높은 느티나무 아래였다.

"창우야, 저녁 먹고 달을 보는데 갑자기 몸이 붕 뜨는 거야. 어지럽고 이상했어. 전쟁을 앞둔 알렉산더가 생각나고, 또…… 네가 떠올랐어. 창우야, 우리도…… 우리도 알렉산더와 헤파이스티온처럼……."

"우정을 맹세하자고?"

나는 일부러, 너의 순수한 마음을 내가 오해하는 걸로 여길까 봐, 네 말을 잘랐다. 저거, 뭐야? 동성애 아니야? 낮에 영화를 보며 우리가 소곤거렸던 말이 퍼뜩 떠올랐기 때문이다. 나의 우려가 곧 너의 걱정이기도 했는지 일그러지던 너의 얼굴이 화사하게 피어났다. 달빛이 너의 굵은 쌍꺼풀과 반듯한 이마에 와서 부딪쳤다가 다시 물러나곤 했다.

나는 너의 시선을 따라 느티나무를 올려다보았다. 밑동에서 우듬지까지 잘 뻗은 나무였다. 달빛과 바람을 받아서 신비로운 기운마저 흐르는 것 같았다. 나는 고개가 아프도록 나무를 올려다보았다. 말로 표현할 수 없는 벅찬 기운이 나를 사로잡았다. 빠르게 도는 피의 움직임이 보이는 것 같았다. 춥거나 오줌이 마려운 것도 아니면서 몸이 오싹 떨렸다. 그 순간 내 손으로 축축한 기운이 전해졌다. 나는 너를 바라보면 안 될 것 같아 손이 잡힌 채로 그대로 있었다.

"창우야, 임신서기석이라는 것도 있었잖아. 이 나무 앞에서 우리도 영원한 친구가 되겠다고 약속하자. ……나는 맹세할 수 있지만 너도…… 평생 동안 나를…….."

"그럼, 당근이지. 우리의 우정은 영원할 거야."

그 때 네가 나를 덥석 안았다. 그리고 잠시 뒤 너의 입술이 나의 입술을 찾았다. 알렉산더와 헤파이스티온의 패러디라고 생각해서 그런지 입맞춤은 어설프고 무덤덤했다. 오히려 느티나무와 너와 내가 평등하게 맥주를 나눠 마실 때 나는 뭔가 고

조되는 분위기를 느꼈다. 그래서 나도 모르게 너의 행동을 다시 되풀이하고 말았다.

지금에 와서 그 날의 일을 잊었냐고, 과장이고 거짓이었냐고 따지는 것은 아니다. 그 때 너의 말과 행동은 모두 진심이었다. 절실했고 뜨거운 맹세였다. 다만 우리는 감정이란 얼마든지 변할 수 있다는 있다는 걸 몰랐을 뿐이다. 그러니 민준, 괴로움을 섞어 그 날을 회상하지 마라. 도려 내고 싶은 과거라고 몰아치지도 말아 다오.

요즘 너는 성택이와 늘 같이 다닌다. 너는 과외를 같이 할 뿐이야, 라고 얼버무리곤 하지. 내가 물어 보지도 않았는데 말이야. 그래서 지금 내가 느티나무 얘기를 하는 것인지도 모른다. 성택이와 같이 있을 때 내가 지나가도 어색해 마라. 네가 웃다가 금방 침울해지고, 장난으로 날리던 주먹을 시부저기 거둬들일 때마다 도리어 내가 더 민망하고 괴롭다. 좀 전만 해도 그래. 교실 앞에서 만났을 때 네가 인상을 구기니까 내가 더 안절부절못하겠더라.

지난 일요일에 있었던 일을 네게 말해야 할지 모르겠다. 편지를 쓰겠다는 자체가 이미 마음을 먹었다는 뜻일 테지만 어쩐지 망설여진다.

네 어머니가 찾아오셨더라. 나를 싫어하는 눈치쯤은 직감적으로 느끼고 있었으니 나는 두려움에 사로잡힌 채 벤치에 앉았다. 네 어머니는 한참 동안 말이 없었다. 나는 메타세쿼이아의 가늘고 긴 잎이 바닥으로 떨어지는 걸 보고 있었다. 봄인데도 나뭇잎이 떨어지는 게 이상했지만 세상에 내가 알 수 있는 것이 얼마나 될까 하는 생각이 들었다.

"창우야, 그 동안 우리 민준이와 잘 지내 줘서 얼마나 고마운지 모른다."

그 동안, 이라는 말이 내 목에 딱 걸렸다. 친구 사이에 시시비비를 따지자는 뜻이 아니고, 우정의 양을 측정하자는 것도 아니지만 나는 억울했다. 너와 보냈던 시간들이 아프게 나를 찔렀다. 가슴 밑바닥에서부터 치밀어오르는 감정은 뜨겁기만 한데 나의 말은 눈 기둥처럼 싸늘해졌다.

"아닙니다. 어제 전화 드려 죄송했습니다. 이제 다시 축구 얘긴 않겠습니다."

여기서 일일이 정황을 밝히는 것도 그렇지만 그래, 시작은 그랬다. 나는 정말 울고 싶었다. 그런데 몇십 분 뒤 집으로 돌아오면서 내가 울었던 이유는 처음과 완전히 달라져 있었다.

날짜에 맞춰 공부할 과목과 범위가 적힌 너의 다이어리를 보았다. 학원 특강이며 과외수업 스케줄도 며칠 간격으로 잡혀 있었다. 하지만 내 눈은 여백 사이사이를 채운 글귀에서 멍해

질 수밖에 없었다. 나는 떨리는 손으로 페이지를 넘겼다. 너 역시 나를 생각하고 있었구나, 눈 주위가 벌게져 왔다.

"창우야, 정말 미안하다. 엄마라는 이름이 이렇게 어리석단다. 거기에 적힌 것처럼 내가 뜻을 이루려면 친구부터 바꾸라고 했어. 어릴 적 감상만으로 세상을 살 수 없고, 또 공부 환경이라는 것도 있으니까. 민준이는 나를 따르면서도 속으로는 힘들었던 거야. 공부와 우정을 동시에 지킬 수 없는 현실이 괴로웠겠지. ……내가 참 부끄럽다. 네게도 상처를 많이 주었을 거야……."

나는 고개를 숙인 채 네 어머니의 말을 들었다. 땅에 내려앉는 나뭇잎의 형체가 흐릿해지더니 아예 보이지 않았다. 나는 서둘러 일어나 목례를 하곤 돌아섰다. 내 앞으로 네가 걸어가고 있는 것 같아, 네 쓸쓸한 등이 손에 잡힐 것만 같아 나는 휘청휘청 걸을 수밖에 없었다.

*

네 번째, 민준에게.

자율이 아닌 타율학습, 2차시 시작이다. 누군가 옆을 슥 지나간다. 나는 움찔 놀라며 재빨리 문제집을 끌어당긴다. 그 순간 뒤돌아서는 담임과 눈이 마주치고 만다. 나는 얼른 고개를 숙여 버린다. 담임은 교탁에 기대선 채 오른쪽에서 왼쪽으로, 앞에서 뒤로 샅샅이 훑어본다. 담임의 눈길이 네게 오래 머문다. 담임은 네가 무슨 과목을, 어떻게 공부하는지 궁금한가 보다. 애들은 그 틈을 타서 만화나 소설책을 집어 넣고 피엠피의 화면을 교육방송으로 돌린다. 빠르게 문자를 날리던 손길을 멈추고 소곤거리던 쪽도 반듯한 자세로 돌아앉는다. 실로 간발의 차이로 방어막을 구축한 셈이다. 담임이 뚜벅뚜벅 걷는다. 너야 아니겠지만 우리들 대부분은 그 쪽으로 신경이 쏠린다.

조용한 공기를 가르며 뒷덜미를 후려치는 소리가 들린다. 교실은 더욱 고요 속으로 침몰하고 우리들의 눈은 한 곳으로 몰린다. 재희다.

"야, 인마. 이 공간은 너 혼자만 쓰는 게 아니야. 떠들고 싶어도 참고, 내키지 않더라도 따라 줘야 할 때가 있는 거야. 그게 공동생활이란 말이야."

담임 특유의 낮게 으르렁거리는 소리다. 당사자가 아니라도 기분이 더러워진다. 귀찮아하면서도 야비하게 비아냥대는 꼴이라니, 살갗이 다 스멀거린다.

이윽고 교탁 앞으로 돌아온 담임의 설교가 계속된다.

"내, 누차 말하지만 지금부터 마음 다잡지 않으면 아무것도 안 된다. 3학년 되면 이미 늦다. 무조건 하는 거야. 의자에 얼마나 엉덩이를 붙이고 있는가에 너희들 평생이 달렸어. 주위에 어른들 봐라. 하루 종일 뛰어다녀도 가난에 허덕이는 사람이 있는가 하면 몇 마디 말로 편안하게 돈 버는 사람도 있잖아. 머리? 그거 별거 아니다. 그냥 죽었다 생각하고 열심히만 하잔 말이야. 공부는 황금알을 낳는 거위야. 로또보다 더 확실하고 영원한 행복을 준다. 그러니 나중에 후회하지 말고 열심히 하란 말이야."

매일 같은 말, 지겹지 않는가. 지치지도 않는가. 게다가 담임은 지금 나를 비롯한 많은 애들을 기만하고 있다. 내 생각에 공부는 마음만 먹는다고 되는 게 아니다. 아버지는 우리 슈퍼가 대형 할인 매장에 밀릴 수밖에 없는 이유가 돈이라고 했다. 노력이나 성실 따위가 자본을 이길 수 없다고 했지. 내 생각엔 공부도 마찬가지인 것 같다. 너도 알다시피 나도 작년에는 참 열심히 공부했었다. 그런데 과외는커녕 학원도 못 가는 내가, 간혹 집안일을 거들어야 하는 내가 오를 수 있는 데는 한계가 있었다. 할인 매장의 공세 앞에 맥을 못 추는 우리 부모처럼 나역시 꺾이고 말더라. 그러니까 담임의 저 말은 몇몇에게만 해당하는 말일 것이다. 고깝게 듣지는 마라. 그렇다고 너를 비난할 생각은 전혀 없으니까. 나는 단지 내 현실을 밝히자는 거다.

황금알을 낳은 거위는 처음부터 주인이 정해져 있다는 걸 말하고 싶을 뿐이다.

할 말을 마친 담임이 흡족한 표정을 지으며 교실을 나간다. 그러자 여기저기서 한숨 소리가 터진다. 담탱이 왜 저러냐, 좆나, 어느 놈이 또 꼬지른 거 아니냐는 욕지거리도 들린다. 야자 1차시에 재희네 모둠이 토론 준비로 시끄러웠고, 그것 때문에 너와 시비가 붙은 걸 두고 하는 말들일 것이다. 나는 재희를 바라본다. 책상에 힘주어 놓인 두 주먹이 예사롭지 않다. 재희가 나를 바라보며 쓱 웃는다. 나는 싸늘한 두려움을 느끼면서도 눈길을 피하지 않는다. 잠시 후 나는 너에게로 시선을 돌린다. 너는 미동조차 없이 완강한 등판만 보이고 있다.

아무래도 요즘은 토론 수업 준비가 문제인 것 같다. 너는 그 수업이 마땅찮다고 했지만 나는 내내 일방적으로 듣기만 하는 다른 수업보다는 그래도 국어생활 시간이 좋다. 사실, 지금에야 하는 말이지만 내 성향은 이과 계열이 아니야. 그런데도 나는 너와 똑같이 지구과학과 물리에 동그라미를 쳤다. 같은 반이면 좋겠다는 너의 말 한 마디에 덜렁 선택해 버린 거다.

지금에 와서 생각하니 민준, 너와는 다른 반이 되는 게 오히려 나았겠다 싶다. 그랬다면 지난 몇 년처럼 서로 다정한 친구로 계속 지낼 수 있지 않을까? 가까이 있고 싶다고만 생각했지 그 동안 조금씩 벌어져 왔던 틈에 대해서는 미처 몰랐던 거야.

토론 얘기를 한다는 게 이상한 방향으로 흘러가 버렸다. 토론 첫 시간의 주제는 '낙태'였다. 너는 반대쪽 테이블에 앉아 있었지. 너는 낙태는 절대 안 된다, 아무리 태아라도 이미 생명이다, 그걸 마음대로 없앤다는 건 인간으로서 도저히 할 수 없는 일이라고 말했다. 그러자 물론 생명은 중요하다, 그러나 원치 않는 임신으로 자신의 인생을 포기할 수는 없다, 게다가 성폭행이라도 당했을 경우를 생각해 보라, 는 반론이 나왔다. 너는 다시 생명은 신의 영역이라 못박으며 어떤 경우라도 반드시 책임을 져야 한다고 했다. 그 말을 들으며 나는 너를 노려보지 않을 수 없었다. 내 시선이 너무 따가웠을까? 너도 나를 바라보았다. 허공을 가르며 두 시선이 부딪쳤다. 뜨거운 수증기같기도 하고 차가운 얼음같기도 한 그 무엇이 내 눈에 닿는 느낌이었다.

거침없는 너의 말을 들으며 나는 섭섭하고 속상했다. 모르겠니? 우리 큰누나 때문이지. 나는 아직도 그 날을 생각하면 피가 빠르게 돌고, 소름이 끼친다. 초등 학교 졸업식을 치른 날, 우리가 같이 슈퍼를 지킬 때였지. 계모임에 간 어머니 아버지를 대신해서 말이야.

갑자기 출입문이 덜커덩 열려 우리의 시선이 그 쪽으로 향했다. 바람인 줄 알고 고개를 다시 돌리려다 앞으로 고꾸라지는 물체를 보았다. 내가 잠시 망연해져 있는 사이에 너는 누나, 라고 부르며 달려갔다. 큰누나를 일으키려고 애를 쓴 것도 네가 먼저였고, 흙과 피로 얼룩진 누나의 얼굴과 옷도 네가 닦았다. 우리는 무슨 사전 지식이 있던 것도 아니면서 큰누나가 몹쓸 짓을 당했다는 걸 알았다. 나는 무턱대고 슈퍼 밖으로 달려나갔지만 그 곳에는 어둠과 바람만이 휘몰아치고 있을 뿐이었다. 그리고 멀리서 다정하게 팔짱을 낀 아버지와 어머니가 걸어오고 있었다. 나는 그렁그렁 눈물이 맺히는 눈을 부릅뜬 채두 주먹을 아프도록 쥐었다. 그 뒤 부모님은 쉬쉬했지만 나는알고 있었다. 당한 것도 억울한 누나의 몸이 누군지도 모를 놈의 애까지 가지게 된 것을. 내 이야기를 들으며 너 또한 흥분했었지. 그러니 민준, 생명이 있는 모든 것은 신성하다는 너의 말을, 내가 어떻게 아무렇지 않게 듣겠니. 누나에 대한 너의 걱정, 정체 모를 그놈에 대한 너의 분노를 생생하게 기억하는 나로서는 너의 말이 건조하고 섭섭할 수밖에. 그래, 그 때였다. 지극히 당연하고 영원하다고 믿었던 우리의 우정이라는 게 의심스러워 보였다. 일 더하기 일이 이가 아닐 수 있다는 생각은나를 어지럽고 혼란스럽게 했다. 상상할 수 없는 금액으로 이루어지는 너의 과외 이야기를 들으면서도, 뜨악하게 나를 바라보는 네 어머니의 시선에서도 미처 눈치채지 못한 균열을 나는 그 때서야 비로소 실감할 수 있었다.

지금 재희네 모둠은 '한미 FTA'에 대한 찬반 토론을 준비하고 있다. 나는 반대 입장인데 너는 찬성 쪽이니? 어쩐지 그럴 것 같다. 지난번 병원 파업에 대한 의견이 서로 갈렸던 것처럼 말이야. 우리가 언제부터 이렇게 생각이 달라졌을까? 하기야 친구라고 해서 사회를 바라보는 태도나 관점이 같을 필요는 없겠지. 그런데 민준, 나는 시쳇말로, 노는 물이 다르다는 생각만 자꾸 든다. 너의 집 얘기를 들을 때마다 아버지가 혼자말로 중얼거리곤 했지. 비슷한 사람끼리 어울려야 친구도 오래 가는 건데, 라고 말이야. 그 말끝에 나를 애잔하게 바라보았던 아버지의 시선이 요즘 자주 떠오른다. 노는 물이라는 게 이렇게 큰 차이를 내는 걸까?

짝이 내 옆구리를 찌른다. 나는 얼른 문제집을 끌어당긴다. 짝이 이번에는 눈짓으로 건너편을 가리킨다. 피엠피에 눈을 박고 있는 녀석의 손이 제 거시기를 만지고 있다. 풍선에 바람이 들듯 앞섶이 빠르게 솟아오르는 중이다. 우리가 보고 있는 줄도 모르고 녀석의 손이 점점 빨라진다. 저, 미친놈, 저걸 어쩌니, 소곤거리는 짝의 목소리가 가늘게 떨린다. 내 귀로 짝의 입김이 불어넣어진다고 느껴지는 순간 내 몸의 이곳 저곳이 화끈거린다. 녀석이 보고 있을 피엠피의 화면이 내 눈앞에도 펼쳐지는 것 같다. 갑자기 나의 거기도 불끈 솟는 것만 같아 나는 눈을 감아 버린다.

알몸의 여자들이 내 앞으로 천천히 걸어간다. 비릿한 웃음을 날리는데도 화려하거나 섹시하지 않은 게 이상하다. 하나같이 맨발이어서 그런지 걸음을 옮길 때마다 모래가 푸석거린다. 갑자기 무대 뒤편이 있기라도 하듯 여자들이 한꺼번에 사라진다. 황량한 모래땅만 남는다. 눈앞의 사막은 창문과 칠판의 경계를 지우며 계속 확장된다. 어둠 속에 묻힌 운동장 그 너머까지 뻗어 나간 사막의 한 모퉁이에 나는 서 있다. 남아메리카의 아타카마 고원이다. 세계에서 가장 강수량이 낮다는 그 모래밭.

얼마나 지났을까, 목마름과 어지럼증을 느끼며 나는 천천히 눈을 뜬다. 그러자 사막이 함께 사라진다. 시선이 닿는 녀석의 자리도 비어 있다. 나는 새삼스런 눈으로 교실을 둘러본다. 희멀건 벽과 천장, 교실을 되비추는 창문과 형광등, 엎드린 애들…… 그 위로 쏟아지는 모래 무더기, 모래는 책상과 의자를 지우면서 계속 차 오른다. 교탁을 묻고 칠판을 지나 천장까지 채운다. 나는 숨이 가쁘다. 건조한 흙바람이 불고 해와 달이 무심히 떴다가 지는 곳, 생장이 억제된 선인장만 사는 그 곳을 여기, 교실에서 느낀다. 나는 깔깔한 목구멍 안으로 침을 넘긴다.

2교시를 마치는 종 소리가 들린다. 민준, 네가 천천히 일어나더니 앞문으로 나간다. 그 순간 나는 완전히 잠에서 깬다. 머릿속에서 왱왱거리는 소리가 규칙적으로 들린다. 어떻게 해야좋을지 판단이 서지 않는다. 너를 불러 세워야 한다고 생각하면서도 입이 열리지 않는다. 망설이는 사이에 네 모습이 사라지고 없다. 빨리 너를 붙들어야 한다는 각성이 나를 아프게 때린다. 하지만 민준, 나는 지금 자리에서 일어나지 않고 있다. 이상하다. 내가 왜 이러는지 정말 모르겠다. 쏜살같이 나가 너를 붙잡아야 하는데 나는 이 편지만 노려보고 있다. 안간힘을쓰면서, 식은땀까지 흘리면서 말이다.

*

어쩌면 마지막, 민준에게.

방금 시침과 분침이 제로에서 하나가 되었다. 오늘에서 내일로 넘어가는 순간이다. 나는 지금 슈퍼마켓 카운터에 앉아너를 생각하고 있다. 너를 빙자하여 나를 되돌아보고 있는지도모른다. 나는 아무런 행동을 하지 않았지만 그 자체가 엄청난

짓이 되어 버렸다. 왜 그랬는지 나부터 이유를 모르겠다.

거리에 오가는 사람들이 제법 보인다. 하지만 우리 손님은 하나도 없다. 요즘 아버지는 밤마다 '24시간 김밥집'에서 일을 하고 있다. 더 이상 슈퍼만 쳐다보고 있을 수 없기 때문이다. 차라리 문을 닫아 버리면 좋으련만 권리금 때문에 그럴 수도 없다고 한다. 생각해 보니 우리 부모는 추락할 걸 알면서도 내리막길을 뚜벅뚜벅 걷는 사람들이다. 그리고 그 슬픈 그림자 속에 나도 있다. 나는 고등학교를 거쳐 가까스로 지방 대학을 졸업한다고 해도 결국 부모의 삶 이상을 살아 내긴 어려울 것이다. 다시 태어나지 않는 이상 너를 향한 이 열등감을 지울 수 없듯이.

아까는 얼마나 놀랐는지 모른다. 3차시 종 소리에 맞춰 교실로 돌아온 나는 다시 고개를 파묻었다. 누가 보면 몽유병 환자처럼 보였지 싶다. 나는 제자리에서 여러 번 맴을 돈 것처럼 어지러웠다. 눈을 다시 감았다. 꿈인지 환상인지 모를 세계에서 나는 눈 기둥의 그늘에 서 있었다. 아타카마 사막에 줄지어 선 그 눈 기둥들 말이야.

딱딱거리는 소리가 끊임없이 들렸다. 나는 두리번거리다가 눈을 떴다. 짝이 그 사이 깨웠던 모양이다. 감독 선생이 복도 벽을 치는 소리가 들렸고 3차시가 시작된 지 벌써 20분이나 지나 있었지. 그 때까지 네 자리는 비어 있었다. 나는 짝에게 반장 어디 갔냐고 물었다. 짝은 교무실에 갔겠지, 라고 말하다가 돌연 내 쪽으로 고개를 숙였다. 근데, 애들이 모다바리 쳤다는 얘기가 있다, 진짠지는 모르겠지만…….

나는 벌떡 일어났다. 너는 또 왜 이러니, 라는 짝의 말을 무시하고 복도로 나갔다. 아래위층 화장실과 도서실 계단참, 급식소로 통하는 후미진 통로까지 훑었지만 어디에도 너는 없었다. 엉뚱한 곳에서 너를 찾는 내가 스스로 가증스러웠다. 나는 화단에 침을 뱉으며 운동장으로 통하는 후미진 스탠드 끝으로 걸음을 옮겼다. 가슴이 벌렁거리고 다리가 휘청거렸다.

너의 교복은 흙이 묻어 있고 넥타이마저 풀어 헤쳐져 있었다. 더 자세히 보니 얼굴은 부어 있었고 셔츠의 옆구리가 터져 있었다. 너는 아무 말도 하지 않았다. 옆으로 슬쩍 당겨 앉는 시늉을 했을 뿐이었다.

"누가 이랬어? 쟤……희니?"

스스로 납득 못할 말들이 내 마른 목을 타고 올라왔다.

"몰라."

그렇게 말하며 너는 나를 정면으로 쏘아보았다. 나는 불에라도 덴 것처럼 깜짝 놀랐으나 이내 마른침을 삼켰다. 나무를 올려다보는 것으로 너의 시선을 시부저기 피해 버렸다. 나뭇가지 뒤에서 후려치는 바람 때문에 잎사귀의 이면이 한꺼번에 드러났다. 감추어져 있던 나의 속마음 같은 잎의 뒷면은 나를 어지럽게 했다. 나는 후들거리는 두 다리에 힘을 주었다. 너는 나를 보지 못했다고 마음 속으로 거듭거듭 속삭였다. 잎의 이면은 나만 아는 거라고 스스로를 위로했다. 가지를 흔들던 바람이 숨을 죽이자 내 헐떡거리던 숨소리가 조금씩 가라앉았다. 그러자 신기하게도 다음 말이 술술 나왔다. 가증스럽기 짝이 없었다.

"일 대 일로 붙어서 검도 삼 단인 너를 이길 놈은 없을 텐데."

"세 명, 하지만 그래서 가만히 있었던 건 아니야. ……처음에는 어쩐지 맞는 게 나쁘지 않았어. 나중에는 갑자기 두려워지기도 했지만."

너는 큰키나무에 몸을 기댔다. 교실의 불빛에 붓고 터진 네 얼굴이 조금 선명하게 보였다. 내가 다친 것처럼 마음이 쓰리고 따가웠다. 네게 미안했고 내가 미웠다. 나는 무심결에 손을 내밀었다. 그런데 헝클어진 너의 머리카락에 닿으려는 내 손에 묵직하고 차가운 촉감이 느껴졌다. 맥주였다.

"밖에 나가서 사 왔어."

나는 네 옆에 털버덕 주저앉아 맥주를 마셨다. 가슴 속에 콜

타르처럼 붙어 있던 모래알이 조금씩 씻겨 내려가는 것만 같았다. 너에 대한 죄책감도 잠시 옅어지는 것처럼 느껴지더라. 그러고 보니 느티나무 아래에서 비롯한 우리의 술 내력도 꽤 되었다. 수학여행과 소풍 뒤끝, 축구 하고 돌아오는 길이나 슈퍼를 지키면서 같이 마셨던 맥주가 오롯이 떠올랐다. 네가 아직도 술을 마시는 게, 그것도 버젓하게 학교에서 마시는 게 무척 놀라웠다. 사막의 눈 기둥처럼 차가워 가는 동안 맥주 따위도 잊은 줄 알았다.

"창우야, 영화 〈알렉산더〉 생각나니?"

너의 말을 듣는 순간 내 가슴에 뜨거운 물결이 일었다. 나야말로 그 영화를 생각하며 지내니까 말이다.

"요새 우리 엄마가 꼭 안젤리나 졸리야. 숨쉴 틈도 안 주고 나를 몰아쳐. 모든 게 대학으로만 연결되어 있어. 잘해서 엄마 정성에 보답하고 싶은데 쉽지가 않아."

솔직히 나는 맥이 탁 풀렸다. 같은 영화를 얘기해도 너와 나는 어느새 코드가 달라져 있었다. 나는 알렉산더와 헤파이스티온을 생각하는데 너는 알렉산더와 어머니의 갈등을 생각하고 있었던 거지. 네 다이어리의 글귀들이 떠올랐다. 너의 괴로움이 조금 이해가 되기도 했다. 하지만 나는 비뚤어진 마음을 제자리에 돌려놓지 못한 채 빈정거리고 말았다.

"나 같은 놈도 있는데 네가 그런 얘기를 하니까 이상하다. 지금도 최상 그룹……"

"나, 중 삼 때 과고에 시험 쳐서 떨어졌잖아. 또 그럴까 봐 불안해. 난 정말 공부 잘해서 좋은 대학 가고 싶어. 엄마의 희망 이전에 내 소원이기도 해. 그래서 엄마의 프로그램대로 따르는 것이고. ……그런데 가끔씩 돌 거 같아. 내가 없어지는 것만 같아."

네가 등지고 있는 벚나무가 바람에 흔들리는지 우리 앞으로 긴 그림자가 어른거렸다. 나는 때늦은 후회와 이상한 안도감을 느끼며 그림자를 바라보았다. 잠시 뒤 맥주 캔이 우그러지는 소리가 났다. 나는 두어 모금 마시다 남은 맥주를 네게 건넸다.

슈퍼 문을 닫을 시간이다. 어제 같으면 밖에 있는 공병을 정리해서 안으로 들인 다음 셔터를 내렸을 것이다. 하지만 오늘 나는 여전히 카운터에 앉아 있다. 아무래도 민준, 더 이상 이어 갈 수 없는 이 편지 때문이겠지. 네게 전해질지, 쓰레기통으로 들어가고 말지 모르지만 매조지지 않은 상태로 오늘 밤을 넘기긴 싫다.

나는 술과 음료수가 진열된 냉장고 앞에 선다. 네가 좋아하는 상표의 맥주를 하나 꺼낸다. 캔 표면을 쓸어 내리자 손바닥에 먼지가 묻어난다. 안주로 삼을까 하고 과자도 하나 집는다. 먼지가 앉아 있는 것도 불만스러운데 구김까지 가 있으니 보기에 딱하다. 나는 포테이토칩이라고 적힌 과자 봉지 끝을 잡고 쭉쭉 편다. 그래도 여전히 후줄근해 보인다. 구겨진 과자와 손바닥의 먼지를 번갈아 가며 한참 동안 들여다본다. 할인 매장에서라면 잘 닦여져서 밝은 조명을 받았겠지. 환하고 깨끗한 너처럼 말이야. 나는 술병 주둥이를 쓱 닦은 다음 입을 들이댄다. 내 모습 같기만 한 과자 봉지도 죽 뜯는다. 맥주가 목을 타고 위벽을 훑는다. 짜르르한 기운이 둥근 뱃속으로 퍼진다. 오늘처럼 맥주를 나눠 마실 일이 또 있을까? 아니겠지? 날 용서할 수 없을 테니 말이다. 씁쓸한 마음으로 나는 다시 술을 들이킨다.

사막의 눈 기둥을 생각할 때마다 네가 떠오른다. 아타카마 사막은 해마다 많은 사람들이 찾는다고 한다. 그리고 민준, 너는 사막의 눈 기둥처럼 많은 사람들이 우러러보는 그런 사람이 될 수 있을 것이다. 나는 이제야 깨닫는다. 너는 처음부터 알렉산더이고 나는 헤파이스티온이었던 거야. 그들처럼 우리의 우정이 끝까지 가지 못한 것이 안타깝긴 하지만 어쩔 수 없어. 태생이 왕족인 너는 그렇게 키워지는 것이고 나는 나대로 살아가는 거지. 그러니 너는 앞서 가는 사람이 되어라. 높은 성적 받고 좋다는 대학을 가라. 나에게서도 떠나라. 나는 너의 과외 친구가 될 수 없고 경쟁자가 되어 줄 수도 없다. 신파극의 주인공 같은 대사라서 마음에 들진 않지만 나는 너를 보내겠다. 눈 기둥의 고통과 쓸쓸함을 몰라 준다고 섭섭해하지는 마라. 아직은 허전함의 상처가 더 커서 네 사정까지 살필 기분이 아니다.

　나는 또 생각한다. 많은 사람들이 눈 기둥을 찾는 이유가 뭘까? 그건 아마도 물 한 방울 없는 사막에 생긴 것이라서 그렇겠지. 북극이나 남극에 있는 눈 기둥이라면 사람들의 관심을 받지 못할 것 같거든. 그렇다면 눈 기둥은 사막이 있어서 더욱 빛나는 존재가 되는 게 아닐까? 눈 기둥에게 있어서도 사막은 없어서는 안 되는 거 아닌가 말이다. 그러니 민준, 차갑고 도도한 눈 기둥이 되더라도 사막을 등지지는 마라. 오랜 우정을 나누었던 내가 그 곳에 있다고 생각해 주렴. 나는 앞으로 눈 기둥이 드리우는 그늘에서 내내 서성이게 될 것이다. 그 곳에서 마른 침을 삼키며 너를 바라보고 있을지도 모른다. 하지만 그늘이라고 내내 어둡기만 할까? 아버지가 꺾어 온 진달래처럼 그늘에서 피는 꽃도 있겠지. 나는 이제 그런 꽃을 꿈꾸어야겠다. 그늘에서 피어도 진달래처럼 고울 수 있다면 그 얼마나 다행한 일이냐. 나는 그걸 위안 삼아 내 길을 걸어가련다.

　술이 비었다. 나는 너처럼 캔을 우그러뜨린다. 이 하나의 장

면에도 네가 깃들어 있다는 게 좋으면서도 슬프다. 내 오랜 친
구여, 이제 안녕.

독이 빠지는 시간

유리로 된 통로 출입문을 밀치자 엉겁결에 몸이 휘청거렸다. 머리카락이며 외투 자락이 뒤죽박죽 날리고 모래 알갱이가 얼굴에 따끔따끔 부딪혔다. 몰아치는 바람 때문인지 아파트 몇 동만 덩그렇게 서 있는 벌판은 갑자기 떠밀려 나온 무대같이 낯설고 넓게만 보였다. 나는 흐트러진 머리를 흔들고 외투의 단추를 다시 여미면서도 현관문 뒤로 몸을 숨기지는 않았다. 오히려 상체를 앞으로 내밀며 고추바람을 받았다. 송곳같이 차가운 바람이 혼란스러운 머릿속을 날카롭게 긁어 대는 게 나쁘지 않았다. 저만치 떨어진 지하 주차장에서 아버지의 낡은 승용차가 올라오는 동안 나는 낯선 느낌에 몸을 맡겨 둔 채 서 있었다.

단지를 빠져 나간 차는 물안개가 어스름히 피어 오르는 강둑을 따라 속도를 높였다. 차창 너머로 보이는 버스 정류장에 몸을 잔뜩 옹송그린 학생들이 보였다. 몇몇이 입고 있는 교복의 바둑판 무늬가 내 가슴으로 고스란히 배어 드는 것 같았다. 저 곳에 진서가 서 있을 리 없다는 걸 알면서도 숨이 턱 막혔다. 나는 입술을 오므려 깊은 숨을 내쉬었다. 시부저기 창문을 내렸다가 다시 올렸고, 잠시 뒤에는 휴대폰을 꺼냈다가 하릴없이 다시 집어 넣기도 했다.

"웬 한숨을? 너, 왜 그러니? 요즘 무슨 고민 있어?"

자동차 기어를 중립에 놓으며 아버지가 말했다. 나는 움쭉 놀라며 아버지의 옆얼굴을 보았다. 수염을 깔끔하게 깎았는데도 어쩐지 까칠해 보였다. 순간 아무 말이라도 하고 싶다는 생각이 들었다. 진서가 아니라도 좋았다. 바람이든 강물이든 그 어떤 것이라도 주절주절 지껄이고 싶었다. 그러면 진서 생각에서 잠시라도 벗어날 수 있을 것 같았다. 하지만 아버지와 눈이 마주치는 순간 나는 마음을 접어야 했다. 쓸쓸해 보이는 그 눈길이 나를 향한 믿음과 바람으로 간신히 버티고 있다는 느낌이 들었기 때문이다. 좌회전 신호에 따라 다리 위로 진입하면서 아버지가 입을 열었다.

"미안하다. 힘들다는 걸 알면서도 해 줄 게 없어. 몸 상하지 말고, 힘 닿는 데까지만 해라."

가뜩이나 저음인 아버지의 목소리가 오늘따라 더 낮고 깊숙하게 들린다. 언제부터였는지 아버지는 미안하다는 말을 자주 했다. 그럴 때마다 나는 목이나 가슴 언저리쯤에 딱딱한 무엇이 얹히는 느낌이 들었다. 남들처럼 뒷바라지를 못 해 준다고 하는 말일 테지만 들을 때마다 마음이 불편했다. 내 앞에서 턱없이 기가 죽는 것도 보기 안타까웠다. 그럴 때면 공부를 열심히 하는 게 잘하는 건지 아닌지 헷갈리기도 했다. 다만 아버지의 친구나 이웃들이 나를 초들어 부러워할 때 당신의 어깨가 은근히 올라가고 웃음소리가 높아지는 그 순간을 내 나름대로 뿌듯하게 생각할 뿐이었다.

"은호야, 이런 때에 할아버지까지 모셔 오게 되어 미안하다. 방까지 같이 쓰게 만들고."

아니라고 대답해야 하는데 선뜻 입이 열리지 않았다. 그러니 수긍할 수밖에. 현실과 마음으로 받아들이는 문제는 늘 차원을 달리하기 때문인지도 모르겠다.

할아버지는 오늘 아침에도 자꾸 헛손질을 해 댔다. 몹시 떨리는 손가락으로 뭔가를 잡은 듯, 허공을 휘저었다. 마치 팬터마임의 한 장면을 보는 것 같았다. 뭐 하시냐고 아버지가 언짢은 소리를 하는 사이에 여동생은 슬그머니 일어났고, 싱크대에서 국을 푸던 어머니는 고개를 돌리지도 않았다.

"밥상에 웬 뜨개실이 있어야. 걷어 내야 밥을 먹지."

실을 잡아당긴다고 할아버지는 밥을 먹지 못했다. 아무것도 없다고 거듭 말해도 떠는 손을 거두지 않았다. 나는 묵묵히 숟가락질을 했다. 그게 아버지의 난감한 표정과 어머니의 싸늘한 얼굴 사이에서 내가 할 수 있는 최선이었다. 가뜩이나 깔깔한 입 안에 모래가 씹히는 것처럼 밥알이 겉돌았다. 나는 후루룩거리며 국물을 들이마셨다. 하지만 목에 턱턱 걸리기는 국물도 마찬가지였다. 그 사이에도 할아버지는 계속 헛손질을 했다. 아버지의 만류나 어머니의 노골적인 외면도 소용 없었다. 그나마 몽둥이로 허공을 퍽퍽 내리치거나 지렁이를 잡는다고 뜨거운 국물 속으로 손가락을 집어 넣는 것보다 낫다고 위안해야겠지만 이 순간에는 더하거나 덜한 것도 없었다. 가만 보니 갑자기 술을 끊어서 보인다는 헛것도 종류가 여러 가지인가 보다. 어떤 종류의 헛것들을 치러 내야만 할아버지의 몸이 술을 완전히 몰아 낼지 궁금할 따름이다.

다리 오른편으로 길게 뻗은 대숲이 보이고, 까마귀 한 무리가 전선과 대나무 꼭대기에 일렬로 앉아 있다. 언제부터 저 곳이 까마귀들의 서식처가 되었는지 모르겠다. 해마다 가을이면 수천 마리의 새들이 몰려와 아침 저녁을 가리지 않고 빈 논과 대숲과 전선을 점령했다. 눈여겨보면 새들은 앉아 있는 위치에 상관 없이 항상 같은 곳을 바라보고 있었다. 나는 그 장면을 볼 때마다 어떻게 저럴 수 있는지 항상 궁금했다. 오늘도 어김없이 그 생각을 하고 있는데 갑자기 차가 덜컹거렸다. 멀리 교문이 보이는 지점에서였다. 나는 상체에 반동을 느끼며 재빨리 중심을 잡았다. 두어 번 덜덜거리던 차는 그 상태로 멈춰 버렸다. 갑자기 시동이 꺼진 것이다. 내가 알기만도 벌써 세 번째였다. 아버지는 벌게진 얼굴을 앞으로 기울이며 키를 몇 번이고 돌렸다. 하지만 요란한 기계음만 들릴 뿐 시동이 걸리지 않았다. 할 수 없다고 생각했는지 아버지는 보험 회사에 전화를 걸면서 나에게는 미안하다고, 걸어가는 게 좋겠다고 말했다. 차에서 내리면서 보니 뒤로 줄지어 선 다른 차들이 옆 차선으로 이동하고 있었다. 우리 차를 흘끔거리는 운전자도 있고 더러는 신경질적으로 클랙슨을 울리며 지나가기도 했다. 학교가 위치한 오르막을 타박타박 걸으며 나는 자주 뒤를 돌아보았다. 아버지의 차는 여전히 그대로 있었다. 충혈된 두 눈 같은 비상등만 깜박거리는 채.

플라타너스가 양쪽에 늘어선 길을 따라 교문으로 들어섰다. 연갈색의 얼룩덜룩한 수피에 경중 키만 큰 플라타너스는 볼 때마다 시선을 머물게 했다. 지난 해 봄에 곁가지를 모두 쳐낸 나무는 길게 뻗은 몸통만 남아 있어 마치 먼 곳을 바라보는 기린을 연상하게 했다. 잔가지나 잎 하나 없이 깡마른데다가 군데군데 박힌 옹이 때문에 그런 느낌이 드는 것인지도 몰랐다. 하늘을 향해 목을 곧추세우고 있는 기린들은 운동장 가장자리까지 죽 늘어서 있어 교실에서도 잘 보였다. 수업 시간이나 자율 학습 시간, 무심코 눈길을 돌릴 때마다 플라타너스와 눈이 마주치곤 했다. 같은 자리에 붙박여 있으면서도 나무는 늘 다른 차림으로 나를 바라보았다. 연초록 새순이 우두두 올라와 봄인가 싶었는데 그 잎이 손바닥만해졌을 때는 이미 여름이었다. 그 때는 나무를 보는 것만으로도 슬쩍슬쩍 얼굴이 붉어졌다. 진서를 처음 만났던 곳이고, 그 이후에도 자주 약속 장소로 정하곤 했던 소공원의 플라타너스가 떠오르기 때문이었다. 높다란 가지가 바람에 흔들리는 것만 봐도 심장이 후드득 뛰었다. 무성한 잎사귀는 내 몸을 간질이는 진서의 손길 같았다.

나는 마른 둥치를 손바닥으로 툭툭 치며 플라타너스가 늘어선 길을 지나갔다. 운동장의 모래가 바람에 섞여 눈을 찔렀다. 나는 눈을 비비다 말고 걸음을 멈추었다. 나뭇잎처럼 사라져 버리려고 하는 아름답고 황홀한 기억이 못내 서운하고 아쉬운 건지 모르겠다. 편도선이 붓는 건지 목이 따가웠다. 잔기침도 나왔다.

먼저 온 애들로 교실은 시끌벅적했다. 나는 자리에 앉으며 휴대폰을 꺼내 보았다. 여전히 텅 빈 액정, 나도 모르게 한숨이 나왔다. 책가방을 풀고 시간표를 확인하는 사이에 종이 울렸다. 방학 중 특기적성수업은 평소보다 40분이나 일찍 시작한다. 그만큼 바쁘게 돌아가야 할 몸과 마음이지만 벌써 일 주일째 나는 헤매고 있다. 1교시 담당인 영어 선생이 출석부를 펼쳤다. 몇 분 늦게 들어온 형우는 지각 처리가 되었다. 내 옆자리에 앉으며 형우는 잔뜩 볼멘 표정으로 뭐라 주절거렸다. 듣지 않아도 뻔한 스토리다. 아침밥을 굶는 학생들이 많다며 0교시를 없앴으면서 방학 때는 왜 지키지 않느냐, 그 때 그렇게 주장했던 교원단체는 지금 뭐 하냐는 내용일 것이다. 나는 형우가 그런 말을 할 때면 조마조마하면서도 대리 만족을 느끼는 편이다. 오직 하나의 목표를 위해 앞뒤 없이 몰아치는 학교라는 울타리 안에서 형우의 삐딱한 시선과 독설마저 없다면 얼마나 삭막할까 싶다. 그래서 남들이 말하는 소위, 범생이와 꼴통의 친구 관계가 2년 동안 이어져 오고 있는지도 모르겠다.

영어 선생이 물끄러미 나를 내려 보고 있다. 나는 그제야 급하게 책을 폈다. 하지만 책에 적힌 알파벳이 낱낱의 기호로 보일 뿐 뜻을 지닌 단어로 보이지 않았다. 정면 벽에 높이 걸린 '지켜 보고 있다' 라는 급훈을 봐도 별 효과가 없었다. 영문을 해석하던 선생이 다시 나를 바라보았다. 나는 습관적으로 엄지와 중지로 머리카락을 몇 올 잡아 돌렸다. 왼쪽으로 비스듬히 머리를 기울인 채 앞을 보았다. 언제 저만큼이나 적었는지 단어며 문장들이 칠판의 반을 넘어서 있었다. 나는 머리카락을 세게 잡아당기며 필기 내용에 정신을 집중하려 했으나 잘 되지 않았다. 시동을 켜려 애쓰는 아버지가 눈앞에 스쳐 갔고, 헛것을 잡으려는 할아버지가 보였으며, 어머니의 싸늘한 표정이 칠판에 그려졌다. 하지만 그것도 잠시, 나는 이내 고개를 젓고 말았다. 외면하고 싶으나 더 크고 깊숙이 자리잡은 영상이 다시금 튀어올랐기 때문이다. 결국 '진서'라는 회오리바람에서 몸을 빼지 못하고 있는 것이다. 애써 묻어 둔 진서가 마음을 헤집는 통에 수업에 집중할 수 없다.

진서는 내 공부를 방해하기 싫다며 헤어진다고 했다. 그런데 나는 진서의 그 말 때문에 공부를 못 하고 있다. 모순 같지만 어쩔 수 없다. 진서를 알고 난 뒤 성적이 떨어져 본 적이 없는데 공부 때문이라는 것은 말이 안 된다. 상대의 가장 내밀한 부분까지 나누는 연인 사이라면서 왜 진심을 털어놓지 못하는가. 왜 내게 잘못된 행동을 수정할 수 있는 기회를 주지 않는가. 차라리 열 시간 이상 달리라거나 밤새워 물구나무서기를 하라는 게 나을 것 같다. 나는 생애 최초의 이 상황을 견뎌 낼 재간이 없다. 내 의지와 힘이 닿지 않는 게 다시 화가 나서 가슴이 부글부글 끓는 심정이다.

창가에 서서 물끄러미 밖을 보았다. 벌거벗은 플라타너스

틈에 유독 한 나무만 마른 열매와 바스락거릴 것 같은 이파리를 아직도 달고 있다. 나는 새삼스레 발견한 그 나무를 한참 동안이나 바라보았다. 바람이 부는지 마른 나뭇잎이 흔들리고 진서의 머리 방울 같은 열매도 움직였다. 겨울을 나기 위해 나무는 스스로 잎을 떨어뜨린다고 하는데 저 나무는 아무리 봐도 이상했다. 잎이 억지로 매달려 있는 건지 나무가 잎을 떨어뜨리지 못하는 건지 알 수 없었다. 가만 보니 진서 생각을 거두지 못하는 내 꼴 같다. 날렵하게 초원을 헤쳐 나가야 하는데도 온통 딴생각을 치렁치렁 매달고 있는 나 말이다. 어느새 왔는지 형우가 옆구리를 찔렀다.

"뭘 그리 생각해? 자식, 아직도 릴리트냐?"

릴리트는 언어 영역 듣기 문제의 지문으로 나왔던 로제티의 그림 〈레이디 릴리트〉에 나오는 여자다. 그 때부터 형우가 멋대로 지은 진서 별명이기도 했다. 릴리트는 아름답고 섹시한 용모로 남자를 유혹하는 아담의 첫 번째 여자다.

"담임에게 안 갔었어? 지각 때문이야?"

"그래, 니기미, 더러워서……. 지각했다고 세 대, 어제 도망갔다고 다섯 대 안기더라."

"좀만 일찍 다니지."

"아, 짜식. 범생이 아니랄까 봐 밥맛 없는 소리만 골라서 하고 있네. 근데 나야 원래 그런 놈이라 치고, 넌, 넌 도대체 왜 그러냐?"

"……뭘?"

"요즘 네가 제 정신 아닌 거 너는 몰라? 이게 다 그 계집애 때문 아니냐고. 수업 진도는 뒷전이고 연애 진도만 생각해? 네 이트온 어쩌고 저쩌고 할 때부터 말렸어야 했는데 다 내 잘못이다. 숙맥 같은 놈이 계집애 하나 사귀더니 영 똥오줌을 못 가려."

형우의 말에 진서와 나눈 시간들이 다시 아프게 속을 헤집었다. 순간 형우에게 헤어졌다고 밝힐까 하는 생각을 했다. 말로 토해 내면 가슴이 좀 후련해질 것 같았다. 하지만 어쩐지 입이 떨어지지 않았다. 헤어지자는 일방적인 통보를 받았다고 하면, 그러잖아도 진서를 달갑지 않게 생각하는 형우가 뭐라고 말할지 짐작이 갔기 때문이다.

2교시 시작종이 울렸다. 자리로 돌아가려고 몸을 돌리는데, 바로 그 때, 묵직한 통증과 함께 형우의 몸이 내 쪽으로 쏠렸다. 엉겁결에 같이 넘어지려던 나는 간신히 중심을 잡았다. 대신 유리창이 와장창 깨졌다. 저만치서 달려오는 애에게 떠밀려서 내 쪽으로 쓰러지던 형우가 머리를 유리창에 박은 것이다. 유리창 깨지는 소리가 교실의 소음을 일시에 중단시켰다. 모든 시선이 우리 쪽으로 쏠렸다. 책상과 의자를 뛰어넘어 애들이 모여들며 박수를 치고 환호성을 지르는 바람에 교실은 다시 활기를 띠었다. 그 어떤 흥분된 기운이 빠르게 소용돌이치고 있었다. 내 기분도 그들 속으로 삽시간에 빨려들었다. 체육대회 결승전에서 형우가 역전골을 넣었을 때처럼 뭔가 짜릿하고 머리가 시원하게 뚫리는 느낌이었다. 갑자기 찾아든 흥분은 윤리 선생이 들어온 뒤에도 쉽게 가라앉지 않았다.

점심을 먹다가 문득 진서가 네이트온에 들어와 있을지 모른다는 생각이 들었다. 나 혼자만 속앓이를 할 것이 아니라 무슨 이야기라도 나누어야 했다. 마침 진서가 미술학원에서 집으로 돌아와 있을 시간이었다. 나는 갑자기 절박해진 심정으로 식판을 들고 일어섰다. 미친 놈 아니냐는 형우의 말을 뒤로 한 채 서둘러 급식소를 빠져 나왔다. 한달음에 도서실로 올라가 검색용 컴퓨터 앞에 앉았다. 멀찍이 떨어진 곳에 대출 담당자만 앉아 있는 걸 다행으로 여기며 서둘러 내 아이디와 비밀번호를 넣어 네이트온에 접속했다. 떨리는 손길로 진서 이름을 더블클릭했다. 순간 대화 화면이 열렸다. 나는 마른침을 몇 번이고 삼킨 다음 진서야, 라고 자판을 두드렸다. 한참을 기다려도 답이 없었다. 하지만 진서는 틀림없이 약간 비껴 앉는 특유의 자세로 컴퓨터 앞에 앉아 있을 터였다. 나는 다시금 진서를 부르며 천천히 자음과 모음을 쳤다. 그래도 화면 하단에 '상대방이 메시지를 입력하고 있습니다' 라는 글이 뜨지 않았다. 이번에는 나야, 라고 다시 글을 쳐 넣었다. 하지만 여전히 응답이 없었다.

 ─지금 자리에 없니?

 ─보고 있으면 그렇다는 신호라도 보내 줘라. 숨지 마.

 ─야, 진서야.

 ─이야기 좀 하자. 난 정말 네가 왜 이러는지 이유를 모르겠어.

 ─내가 언제 너 땜에 공부 못 한다고 했니? 너는 나 때문에 그림 못 그렸어? 이유를 말해 줘. 다 고칠게. 만날 때마다 내가 집적거려서 그런 거야? 그 일로 괴로운 거라면 이제 안 할게. 입맞춤도 안 하고 손도 안 잡을게, 제발.

 ─날, 날 사랑한다는 거 다 거짓말이었니? 네 방에서 있었던 일은 장난이었어?

 ─시작을 네가 했으니 끝내는 것도 너 내키는 대로니? 야, 그렇게 숨어만 있지 말고 무슨 말이든 해 보란 말이야.

 ─너, 정말 이렇게 일방적인 애였어?

 ─……나쁜…… 년.

 화가 치밀어 더 이상 자판을 두드릴 수가 없었다. 나는 부르르 손을 떨며 화면을 노려보았다. 화면 뒤에 도사리고 있을 진서를 억지로라도 끌어 내고 싶었다. 무슨 말이든 들어야 했다. 이대로 끝낼 수는 없었다. 오해가 있다면 풀고, 그게 아니라면 진서의 뺨이라도 날려야 했다. 아니, 아니다. 예전으로 돌아가자고 매달려야 했다. 봉긋한 가슴에 내 얼굴을 묻고 부드러운 입술에 다시 입맞추고 싶었다.

저만치에서 도서실 출입문이 드르륵 열리고 있었다. 나는 서둘러 접속을 끊었다. 누군가 이 쪽으로 오고 있었지만 일어설 수 없었다. 가슴이 먹먹해지고 다리에 힘이 하나도 없었다. 나는 다시 마우스를 클릭했다. 거의 습관적이었다. 어느 사이트든지 화면이 미어터지도록 새로운 소식과 상품들을 띄워 놓고 있었다. 내 옆에 앉아 깔깔거리던 진서가 떠올랐다. 모든 게 재미있고 나오는 것마다 사 주고 싶던 그 기억이 벌써 오래 전 일처럼 여겨졌다. 나는 아무 의식 없이 계속 마우스만 눌러 댔다. 화면이 쉴새없이 바뀌었고, 나는 맴을 도는 것처럼 어지러웠다. 그 동안 학원과 집 앞에서 진서를 기다려도 봤고 하루에도 몇 번씩 진서의 휴대폰 번호를 눌렀다. 하지만 한 번도 진서 앞에 나타나지는 않았다. 남자라면 구질구질하게 굴어서는 안된다는 걸 어디서 본 것 같기도 했고, 헤어져도 멋있는 놈으로 남고 싶은 욕심 때문이었는지도 모르겠다. 나는 내게 주문을 걸듯 끝이다, 끝이다를 반복해서 읊조렸다. 하지만 그러면 그럴수록 마음 한편에서는 아니다, 아니다가 외쳐졌다. 나는 다시금 헝클어지는 머릿속을 어쩌지 못하고 화면을 노려보았다. 그러던 어느 순간 팔에 오소소 소름이 돋았다. 갑자기 온몸에 나비물이 끼얹어지는 느낌이더니 추워지기 시작했다. 나는 외투를 가슴 앞으로 여몄다. 벌벌 떨리는 손, 할아버지처럼 내 손도 그렇게 떨고 있었다.

한 동네에 사는 친척으로부터 연락을 받고 아버지가 갔을 때 할아버지는 이미 심각한 알코올 중독 상태였다. 턱없는 시비가 붙고 끝내 개천에 구른 것도 술 때문이라는 걸 온 동네 사람들이 다 알고 있을 정도였다. 병원에서도 늘어난 인대보다 알코올로 인한 몸의 피폐를 초들어 신경정신과로 입원시키라고 했다. 보름 뒤쯤에 할아버지는 예전의 모습을 되찾는 것 같았다. 초등 학생이었던 내게 『천자문』이나 『소학』을 가르쳐 줄 때처럼 박식하고 다정하게 보였다. 하지만 시골로 돌아간 할아버지는 이내 다시 술을 찾으며 이웃과 싸우고 문짝을 내리치거나 밥상을 뒤엎었다. 아버지는 어머니의 반대에도 불구하고 할아버지를 집으로 모셔 왔다.

할아버지는 우리 집에 들어서자마자 벽이고 천장, 바닥을 기어다니는 벌레에 경악했다. 우리는 바퀴벌레보다 더 큰 벌레가 섞인 밥을 어떻게 먹느냐는 타박을 끼니 때마다 들어야 했다. 아무리 아니라고 해도 믿지 않았다. 어머니는 아버지에게 빚을 내서라도 당장 입원시키라며 가시 돋친 말을 했다. 할아버지에게도 험한 소리를 서슴지 않았다. 어머니는 없는 벌레를 잡는다고 땀을 비적비적 흘리는 할아버지를 그야말로 벌레 보듯 했다.

나는 어느 날 몸을 긁어 대며 잠을 이루지 못하는 할아버지를 보다 못해 부엌 찬장에 있던 과일주를 꺼내 왔다. 할아버지의 눈이 환하게 빛났다. 나는 바닥에 술병을 내려놓고 방을 나왔다. 아버지가 알면 어쩌나 하는 걱정이 뒤늦게 찾아오긴 했지만 후회하지 않기로 했다. 그런데 한참 만에 방으로 들어가니 술병이 그대로 있었다. 술을 따른 흔적도 없었다. 의아한 표정을 짓는 내게 할아버지는 느릿느릿 말했다.

"참기로, 참아 보기로 했다. 시간이 가면, 언젠가 시간이 가면 지도 내 몸에서 물러날 때가 안 있겠나. 시간이 얼마나 걸릴지, 지가 이길지 내가 이길지 모르지만 한번 해 볼라고 한다. 설마 조금씩 표시 안 나게 들어왔던 시간보다 더 많이 걸리기야 하겠나. 내보낼 때가 훨씬 힘들기야 하겠지만 네 애비 봐서라도 싸우려고 한다. 그러니 너도 좀 기다려 주라. 내 집으로 가야지 하면서도 옆에서 지켜 보는 사람이 없으면 내가 질 것만 같아서 이러고 있는 거다."

할아버지는 그 말을 하는 중에도 연신 몸을 긁고 방바닥을 탁탁 쳤다. 눈을 가늘게 뜨며 뭔가를 집어 드는 시늉도 했다. 하지만 나는 할아버지를 조금은 이해한 듯한 느낌이 들었다. 다행히 날이 갈수록 할아버지의 벌레는 조금씩 작아졌다. 손떨림과 어눌한 발음도 점점 좋아지는 것 같았다. 할아버지는 독이 빠지려면 일정한 시간이 필요하다는 걸 몸으로 보여 주고 있었다.

저만치 큰 덩치가 씩씩거리며 걸어오고 있다. 형우다. 나는 태연하게 자리에서 일어났다. 식은땀이 나서 힘들 줄 알았는데 걸을 만했다. 나는 눈에 뜨이는 책 한 권을 집어 들고 대출 창구로 갔다.

골마루에서는 이 반 저 반 애들이 섞여서 우르르 몰려다니고, 교실 뒤편은 공을 찬다고 야단법석이다. 점심 시간이면 언제나 볼 수 있는 풍경이다. 그 와중에도 아랑곳없이 수학 문제를 풀거나 영어 단어를 외우는 애들도 있다. 얼마 전까지만 해도 나도 그랬다. 얼짱이나 몸짱의 근방에도 못 가는 내가, 부유한 부모를 가지지 못한 내가 그나마 남들로부터 인정받는 것은 성적 때문이라는 것을 안다. 형우처럼 축구를 안 하면 몸이 쑤시는 것도 아니고 밥은 굶어도 영화를 봐야 하는 체질도 아니기 때문에 책상에 꾸준히 앉아 있는 게 어렵지 않았다. 게다가 상위권 성적은 여러 가지로 이익이 많았다. 어머니는 나를 집안의 중심으로 대했고, 선생들은 형우와 똑같은 잘못을 저질렀을 때 내게만 너그러웠다. 진서가 오랫동안 나를 봐 왔다는 것이나 결국 사귐까지 갔던 것도 '내신 1등급'이 아니라면 불가능했을 것이다. 공부하고 있는 애를 보면 덩달아 조바심이 나서 서둘러 책을 펴던 게 언제였나 싶다. 정신 차려야지, 정신 차려야지 하면서도 잘 되지 않았다.

유리창 때문인지 담임의 잔소리가 한참 이어졌다. 진학하는 대학이 곧 너희 삶의 수준이다, 열 달만 고생하면 평생이 안락하다, 공부만큼 쉬운 효도가 어딨냐……. 평소와 똑같은 레퍼토리지만 어쩐지 내 가슴을 찔렀다. 인정하자니 갑갑하고, 무시하자니 찜찜하다. 형우도 생각하는 바가 있는지 고개를 주억거리며 제법 심각한 표정이다.

담임이 나가고 자율학습이 시작되었다. 나는 집히는 대로 책을 꺼냈다. 언어 영역 문제집이다. 그런데 마음잡고 공부하려던 내 결심은 첫 페이지부터 무너지고 말았다. 유치환의 「그리움」이 애써 눌러 놓았던 마음을 다시 헤집고 말았기 때문이다.

오늘은 바람이 불고/ 나의 마음은 울고 있다/ 일찍이 너와 거닐고 바라보던 그 하늘 아래 거리언마는/ 아무리 찾으려도 없는 얼굴이여/ 바람 센 오늘은 더욱 너 그리워/ 진종일 헛되이 나의 마음은/ 공중의 깃발처럼 울고만 있나니/ 오오 너는 어드메 꽃같이 숨었느뇨

같이 묶여 있는 황지우의 「너를 기다리는 동안」과 조향미의 「문」도 감정 없이 읽어 내기가 어려웠다. 어쩌면 내 심정과 이렇게 똑같은가 하는 마음이 들었다. 나는 눈으로 시를 거듭해서 읽었다. 당신들에게도 독이 빠지는 시간이 있었어요? 나는 시인이 앞에 있기라도 하듯 혼자말을 하며 문제집 여백에 플라타너스를 그렸다. 굵은 둥치와 덩그렇게 뻗은 서너 가지를 그린 다음 우듬지에만 잔가지를 넣으니, 황량하고 추운 초원에 긴 걸음을 떼어 놓는 기린의 이미지가 살아나는 것 같았다. 방금 읽었던 시 위로 나무 그림이 덧보태졌다. 그러자 「그리움」과 「문」이 거치적거리는 것들을 떼어 내고 추위에 올연히 맞서는 나무와 잘 어울려 보였다. 나는 왼손으로 머리카락을 감아 올리며 습관처럼 한숨을 내쉬었다. 쥐고 있던 연필을 돌리다가 플라타너스의 깡마른 가지에 쭈글쭈글한 잎들을 그려 넣었다. 진서의 머리 방울 같은 열매도 주렁주렁 매달아 보았다. 그러

자 조촐한 기린의 이미지는 간데없고 무겁고 산만해 보이기만 했다. 영락없이 정은호, 나였다. 지우개를 꺼냈다. 본래는 내 것이었으나 이제는 내 것이 아닌 모든 감정들을 나로부터 떼어 내야만 했다. 그렇지 않으면 겨울나기도, 새 잎 내기도 어렵다는 걸 이제는 깨달아야만 했다. 지우개를 잡은 손이 가늘게 떨렸다. 나는 제사상 앞에 선 할아버지처럼 자세를 갖추고 잎과 열매를 하나씩 지워 나갔다.

자율학습을 마치는 시간이 가까워지자 교실이 소란스러웠다. 높다란 곳에서 여섯 개의 형광등과 '지켜 보고 있다'라는 급훈이 노려보는 가운데 학교에서의 하루를 마치는 시간이다. 밖이 이미 어두운 이 시간이면 사육장 생각이 나기도 했다. 바깥과 차단하여 불을 있는 대로 밝힌 교실이 마치 알만 낳게 한다는 닭장 같아 보이는 것이다. 학년실에서 내보내는 방송으로 일괄 종례가 시작되었다. 하지만 아무도 듣지 않았다. 소란한 틈을 타서 몰래 화장실을 다녀온 형우가 앉았다.

"오늘은 어째 도망을 안 간다 싶더니 너, 한 대 꼬실렀구나."

나는 코를 쿵쿵거리는 시늉을 하며 말했다. 말하고 보니 평소의 내 말투가 아니라 어색했지만 어쩐지 상쾌했다.

"그래, 하나가 아니라 연타를 날리고 왔다. 나는 이놈의 교실에서 하루 종일 있으면 억울하고 울화가 치밀거든. 내가 사라지는 것 같아서 말이야. 그래서 흔적을 남기고 왔지. 꽁초랑 담뱃갑을 변기에 처넣어 버렸어."

"야, 그건 심하다. 그거 막히면 결국……."

"아, 됐네요. 나는 그게 학교 다니는 맛이에요. 그리고 너, 내가 한 마디 하겠는데 공부 안 하려거든 내일부터 학교 오지 마라. 내가 공부한다고 설친다면 속에 천불 날 일이지만 마찬가지로 네가 노는 꼴도 못 봐 주겠거든. 지랄, 인마, 다 자기 자리가 있는 거야……. 가방 안 챙기고 뭐 해? 정독실 가야 하잖아. 릴리트가 전화하기로 했어?"

형우는 손을 들어 인사를 대신하고 애들과 뒤섞여 교실을 빠져 나갔다. 나는 어쩐지 일어설 수 없었다. 책상 위에 펼쳐진 문제집을 보았다. 시와 나무 그림 사이로 지우갯밥이 여기저기 흩어져 있었다. 형우의 말이 귓가에서 맴돌았다. 내내 엎드려 자는 것 같더니 내 하는 짓거리를 다 보고 있었던 모양이다. 나는 자위를 하다 아버지에게 들켰을 때처럼 멋쩍었지만 그 때와 마찬가지로 영 황당하거나 부끄럽진 않았다.

특별반을 비롯하여 이후에 공부할 학생들은 정독실로 이동하고 빨리 소등하라는 방송이 들렸다. 전교 석차순으로 선발한 50명으로 구성된 특별반은 저녁 이후에 정독실에서 다시 자율학습을 하게 되어 있다. 교실 전등 스위치를 내렸다. 단번에 어둠이 깔리는 공간, 나는 출입문을 열려다가 다시 교실을 바라보았다. 저마다의 책이 쌓인 책상과 비뚜름하게 놓인 의자, 프린트물과 체육복이 흩어진 사물함, 모의고사 점수 대비표가 붙은 게시판의 형체가 조금씩 드러났다. 유리가 깨진 창은 피자 상자를 붙여 놓았다. 찬바람이 들어온다고 급하게 막은 모양이었다. 나는 밖으로 나가려던 걸음을 다시 돌려 그 앞에 섰다. 푸 푸 푸, 심호흡을 한 다음 피자 상자를 향해 주먹을 날렸다. 유리 테이프로 대충 붙여 놓았는지 피자 상자가 힘없이 통째로 떨어지고 말았다. 손이 아프긴 했지만 상상처럼 주먹이 종이를 멋지게 뚫진 못했다. 나는 복서처럼 양 손을 번갈아 허공으로 내질렀다. 스텝도 맞추어 밟고 싶었는데 잘 되지 않았다. 나는 옆 유리창을 노려보았다. 형우라면 더 잘할 테지만 나라고 못할 것은 없지, 하는 이상한 배짱이 생겼다. 나는 가만히 섰다가 옆으로 걸음을 옮겼다. 그런 다음 오른손으로 창문 중앙을 가격했다. 와장장창, 큰 소리를 내며 유리 조각이 사방으로 흩어졌다. 일순간 빈 교실을 채웠던 소리가 내 가슴을 슥, 가로질렀다. 손이 아플 줄 알았는데 후련했고, 무서울 줄 알았는데 담담했다. 나는 책가방을 들고 천천히 교실을 빠져 나왔다. 그제야 다리가 덜덜 떨려 왔다. 나는 어두운 복도와 계단을 후닥닥 내

달았다.

버스 정류장에서 보니 손등에 유리가 하나 박혀 있었고 핏
방울도 여러 군데 맺혀 있었다. 나는 불빛이 환하게 새어 나오
는 가게 앞에서 유리 조각을 빼냈다. 피가 나고 따끔거렸다. 하
지만 머릿속이 가지런해지고 몸이 가벼워지는 느낌이 들었다.
피가 무게가 있다는 말을 들어 본 적 없고 설령 있다 해도 몇 방
울의 피 무게가 얼마나 될까 싶은데 걸음마저 가뿐해졌다. 나
는 횡단보도를 건너 강변을 향해 걷기 시작했다. 삼겹살, 훈제
오리, 갈치정식, 굴국밥, 감자탕…… 강변로의 한편은 각종 음
식점들이 네온사인을 밝히고 있었다. 넘쳐나는 빛과 냄새는 건
너편 대숲 산책로까지 길게 뻗어 어둠 따위는 들어설 틈이 없
어 보였다. 나는 나란히 주차되어 있는 차 사이로 난 길을 통해
방죽 아래로 내려갔다.

8차선 다리 위를 밝히는 가로등 불빛 때문인지 물결이 번들
거리고 있었다. 청둥오리가 검은 수초들 사이로 줄지어 드나들
고, 무엇인가 물 위로 번득번득 튀어올랐다가 이내 물 속으로
사라지기도 했다. 물고기들도 나처럼 속이 답답한 것일까? 그
래서 제 기운 다 실어 높이 뛰어올라 보는 것일까? 나도 모르게
다시 긴 한숨이 나왔다. 운동 기구가 설치되어 있는 널찍한 둔

치는 수백 마리의 떼까마귀가 내려앉아 바닥이 보이지 않을 정도였다. 어디선가 낮은 웅얼거림이 들렸다. 물결이 수초에 부딪치는 소리 같기도 했고, 까마귀가 우는 소리 같기도 했다. 나는 붙박이처럼 한 자리에 서서 이 모든 광경에 천천히 빠져들었다. 대숲 사이로 난 사잇길, 둥그런 수초 무더기, 오리와 까마귀, 뭔가 기묘한 것 같으면서도 잘 어울려 보였다. 주변이 급속도로 어두워졌다. 하지만 나는 한참을 그렇게 서 있었다. 마음이 배꼽 아래쯤으로 쑥 내려앉는 느낌이 들었다. 손이 아픈 줄도 몰랐고 돌아설 때에야 비로소 진서에게서 잠시 놓여 났음을 알았다. 산다는 것은 무언가가 내 내면으로 들어오는 과정이며, 시간이 흐르면 또 다른 것들이 들어와 이전 것을 밀쳐 내기도 하는구나 하는 생각이 들었다.

귀에 익은 음악, 내 휴대폰이 울리는 소리였다. 나는 액정에 뜬 이름을 보며 잠시 망설이다가 폴더를 열었다. 담임이었다.

"정독실이야?"

"아, 아뇨."

"형우 어딨는지 알아? 이놈이 전화를 안 받네. 지은 죄는 알아 가지고."

"예?"

"교실 유리를 깨고 날랐어. 나한테 맞았다고 분풀이하는 거지. 그놈, 낮에도 일부러 깬 거 아냐? ……너는 요즘 잘하고 있지? 열심히 해라."

내가 미적거리고 있는 사이에 담임이 먼저 전화를 끊었다. 나는 다시 전화를 해야 한다고 생각하면서도 선뜻 실행하지 못했다. 나는 한참 만에 휴대폰의 폴더를 열었다.

"아빠, 저예요."

충동적으로 아버지를 부르긴 했지만 딱히 할 말이 있는 것은 아니었다. 나는 차를 고쳤냐, 지금 뭐 하시냐, 하는 시시껄렁한 말을 몇 마디 했다. 할아버지와 목욕탕에 갈 준비를 하고 있다는 대답을 하는 아버지의 목소리에 잔뜩 걱정이 묻어났다.

"아빠, 죄송해요."

아빠는 내 편의 분위기를 탐색하며 통화를 더 이으려는 눈치였으나 나는 서둘러 전화를 끊었다. 더 이상의 용건도 없었다.

다시 음식점 앞으로 걸어 올라온 나는 승용차나 버스로만 다녔던 다리를 걸어서 넘어 보자고 마음먹었다. 지금이라도 학교로 돌아가 유리 조각을 치우고 정독실에서 공부를 해야 한다는 생각이 스치기도 했지만 묵살하기로 했다. 평소와는 다른 시간에, 저녁밥이 담긴 보온도시락까지 그대로 가져가면 어머니의 눈이 휘둥그레지겠지만 진서를 완전히 밀어 내기 위해서라도 다른 것들로 채우고 싶은 밤이었다.

다리만 넘자고 한 것이 집 앞까지 걸어오게 되었다. 한 시간 이상 걸렸지만 추위를 느낄 수 없었고 다리가 아픈 줄도 몰랐다. 다리 위를 걷는 사람은 나 말고도 꽤 있었다. 운동복 차림의 아주머니, 몸을 잔뜩 움츠린 채 바삐 걷는 노인들, 진서와 같은 교복을 입은 여학생, 고개 숙여 강을 바라보는 아저씨……. 나는 스쳐 가는 그 모든 사람들의 내면에도 무엇인가 바쁘게 드나들고 있다고 생각했다. 그것들이 할아버지의 알코올이나 내 안에 있는 진서처럼 힘들고 괴로운 것일지라도 강한 의지로 몰아 내기를 진심으로 바랐다.

나는 아파트 입구에서 다시 걸음을 돌렸다. 그냥 집으로 들어가기에는 뭔가 아쉬움이 남았고, 식구들을 웃는 낯으로 대하기 위해서는 혼자만의 시간이 더 필요하다는 생각이 들었다. 나는 슈퍼마켓과 약국, 옷가게와 팬시점, 서점과 김밥집 사이를 어슬렁어슬렁 걸었다. 뱅글뱅글 돌아가는 미장원 네온사인이 눈에 띄자 내가 하고 싶은 일이 무엇인지 비로소 생각났다. 나는 망설임 없이 미장원 안으로 들어갔다. 두 명의 미용사가 각각 바닥을 쓸고 있었다. 문을 닫을 때인가 싶어 머뭇거리고 섰는데 미용사가 거울 앞자리를 가리켰다.

미용사가 거울 안을 보며 어떻게 잘라 드릴까요, 라고 물었다.

"아주 짧게요. 아니, 그냥 밀어 주세요."

나도 미처 의식하지 못했던 말이 불쑥 튀어나왔다. 미용사는 무슨 일이 있었느냐고, 역시 거울 안에서 심각하게 물었다. 나는 한 번 씩 웃는 것으로 대답을 대신했다. 미용사는 학교에서 머리 단속을 너무 심하게 하니까 반발로 자르는 경우는 있더구먼, 하고 혼자말을 중얼거리며 가위를 들었다. 미용사의 가위는 허공에서 은빛으로 잠시 반짝이더니 내 뒷머리에 닿았다. 교실 밖으로 보았던 플라타너스가 생각났다. 우듬지에 앉았던 까마귀 한 마리가 제 무리 속으로 날아가고 있었다. 나는 부은 편도선 위로 마른침과 함께 씁쓸함을 힘겹게 삼켰다. 치렁치렁 매달렸던 나뭇잎과 열매 같은 머리카락이 신발 주위로 나풀나풀 내렸다. 나는 바닥으로 떨어지는 머리카락과 듬성듬성 드러나는 두피를 번갈아 보았다. 마음이 아픈 것 같기도 하고 어딘지 모르게 후련하기도 했다. 그 때 귀에 익은 벨 소리가 들렸다. 벗어 놓은 외투 주머니에 있는 내 휴대폰이 울리는 소리였다. 담임인지 어머니인지 한참 동안 끊어지지 않았다. 뒤에 앉아 잡지를 보고 있던 다른 미용사가 휴대폰을 열어 내 귀에 대 주었다. 엉겁결에 나는 고개를 기울이며 여보세요, 라고 말할 수밖에 없었다. 그런데 뜻밖에 진서의 목소리가 들렸다. 나는 갑자기 맥박이 빨라지고 가슴이 쿵덕거려 전화기를 붙들고 벌떡 일어났다. 가위에서 바리캉으로 바꿔 들던 미용사가 뒷걸음질치고 나는 선 채로 수화기를 귀에 바짝 들이대었다. 전화기 저편에 진서가 있다는 게 믿어지지 않을 뿐이었다. 진서는 떠듬떠듬 미안하다고, 잘 지내냐고, 힘들었다고 말을 이어 나갔다. 나는 뭐라고 대답을 해야 한다고 생각했지만 정작 떠오르는 말을 찾을 수 없었다. 나는 거울을 통해 민둥민둥한 내 머리를 보았다. 이미 잘려 나간 머리카락은 다시 붙일 수 없을 것이다. 그 생각은 부은 편도선처럼 나를 아프게 했지만 어쩔 수 없었다. 나는 심호흡을 크게 한 다음 진서에게 말했다.

"아니, 못 나가. ……할아버지와 어딜, 가기로 했어. ……미안해."

내가 들어도 너무 퉁명스런 말이었다. 다르게 하고픈 말도 많았다. 하지만 나는 기린처럼 외로이 선 채 온몸으로 바람을 맞는 플라타너스여야 했다. 여름 나무처럼 무성한 잎을 갖기 위해서는 얼마 동안이 될지 모를 시간을 견뎌 내야만 했다.

유리에 찔린 주먹이 다시금 아파 왔다. 진서를 거절한 내 마음은 더욱 갈팡질팡해졌다. 미용실 의자에 다시 털썩 앉을 때는 세상 전체가 다 주저앉는 것만 같았다.

지귀의 불

1. 지귀, 불로 화하다

아침 조례시간이다. 담임이 수희에게 상담실로 가 보라고
한다. 그 말을 듣는 수희의 눈빛이 잠깐 흔들린다. 1교시는 빠
져도 좋다는 담임의 말을 뒤로 하며 수희는 교실을 빠져 나온
다. 길게 비어 있는 복도를 따라 천천히 걷는다. 마룻바닥이 삐
거덕거리는 소리가 유난히 크게 들린다. 수희는 몸과 마음으로
엉겨붙는 그 소리를 떼어 내기라도 하듯 고개를 길게 뺀다. 얼
굴을 치켜드는 바람에 어깨 아래까지 내려오는 머리칼이 두어
번 출렁거린다.

서편 복도 끝에 있는 상담실은 잠겨 있다. 수희는 나란히 붙
어 있는 문을 노크한다. 2층의 중앙 교무실과 달리 이 곳은 상
담윤리부 선생들만 있는 공간이다. 수희는 가슴에 손을 얹은
채 길게 숨을 뱉는다. 혀끝으로 윗입술을 훑은 다음 문을 연다.
네 사람의 시선이 한꺼번에 수희에게 향한다. 그들 중 아네모
네가 반색하며 자리에서 일어난다. 아네모네는 사각형 얼굴에
빗대어 학생들 사이에 통용되는 별명이다. 수희는 얼떨떨해하

면서도 권하는 대로 소파에 앉는다. 그 사이에 수업 시작을 알리는 종이 울리고 나머지 선생들이 빠져 나간다.

커피를 마시겠냐고 아네모네가 묻는다. 선생이 학생에게 흔하게 하는 말이 아니다. 수희는 경계하는 마음을 그러쥐며 고개를 끄덕인다. 커피 향이 잔잔히 공기 속으로 흩어진다. 아네모네는 한참 동안 컵을 만지작거릴 뿐 말이 없다. 흘러내린 머리칼 사이로 각진 턱이 선명하게 보인다. 순간 수희는 웃는 듯 마는 듯한 표정을 입술 끝에 매단다. 정말 별명 하나는 잘 지었다는 생각이 무거운 분위기를 잠시 흐릿하게 해 준 것 같다.

"수희야."

잔뜩 가라앉은 목소리다. 수희는 종이컵을 탁자 위에 내려놓으며 고개를 든다. 그런데 아네모네는 다시 말이 없다. 그저 수희를 빤히 바라볼 뿐이다. 수희는 버릇대로 눈에 힘을 주며 아네모네를 마주 본다.

"그래, 단도직입적으로 말하는 게 좋겠다. 수희야, 사실은, 지난 토요일에 너를 봤어."

수희는 얼른 고개를 숙인다. 유난히 검은 수희의 머리카락에 아네모네의 손이 가는가 싶더니 흠칫 놀라며 거두어들인다. 잠시 뒤 수희는 고개를 든다. 갓 세수한 것처럼 투명하고 말간 얼굴이다. 가느스름한 눈썹과 깊은 눈이 반듯하게 제자리를 잡아 바라볼수록 빨려들어갈 만하다. 수희는 아네모네의 시선을 피하지 않는다.

"어디서냐 하면……."

수희는 눈을 찡그리며 미간을 좁힌다. 양 볼에 손을 가져다 댄다. 뜨겁고 붉은 기운이 손바닥을 타고 내부로 흘러든다. 샛노란 들판과 흔들거리는 억새, 큰키나무들과 어두워 가는 하늘이 한꺼번에 떠오른다. 수희는 눈을 감고 긴 숨을 뱉어 낸다. 마음 속으로 다섯까지 세었을 뿐인데도 긴 시간이 흘러간 것만 같다. 저절로 세어지는 숫자를 따라 마음이 조금씩 가라앉는다. 그러자 눈앞을 가로막던 장면들도 서서히 지워진다. 그 사이로 아네모네의 다급한 말이 이어진다.

"자, 수희야, 우선 말하고 싶은 것은, 너를 비난하거나 꾸짖는 것이 절대로 아니라는 점이야. 너는 피해자로서 솔직하게만 대답하면 돼. 그 동안은 혼자 힘들었겠지만 이제부터는 내가 도울게. 너는 똑똑하고 야무진 애니까 내 말이 무슨 말인지 알아들을 거야."

수희는 고개를 든다. 아네모네를 바라보며 나이에 걸맞지 않게 눈동자가 깊고 깨끗하다는 느낌을 받는다. 하긴 턱선만 아니라면 꽤 예쁜 얼굴이다. 수희는 빗장뼈에 한쪽 손을 올린 채 입을 연다. 목소리가 떨리지 않아 다행이다.

"선생님, 무슨 말씀인지……."

"수희야, 네 마음은 알겠지만 이건 감싸안는다고 될 일이 아니야. 정문수 선생이랑 왜 그 곳에 있었는지 말해 줄 수 없겠니?"

"저는 국사 수행평가 때문에 그 곳에 갔을 뿐이에요."

"수행평가?"

"예, 문화재 중에서 하나를 선택해 감상문을 써내는 거예요. 우리가 사는 경주의 아름다움을 제대로 이해하고 느끼라는 거래요. 책에 나와 있는 배경 지식보다 새롭게 발견한 아름다움을 적으라고 하셨어요. 저는 진평왕릉을 선택했던 거고요."

"모든 학생이 다 하는 거니?"

"예, 수행평가니까요."

"그래, 그 과제물은 문외한인 내가 듣기에도 좋아 보인다. 그런데 유적지마다 선생님이 일일이 같이 다녀 주시는 거니? 개인마다 다르게 정한다면서."

"……아니요."

"봐, 이상하잖아. 왜 그 시간에 단 둘이 그 곳에 있냐 말이야. 그것도……."

"연합 모임이 있었어요. 답사 동아리요. 국사 샘이 지도교사이시니까."

"그 선생님이 활동 많으신 거야 나도 알지. 그 날 답사 장소가 진평왕릉이었어?"

"아니요. 내남에 있는 경덕왕릉을 보고 해산했어요. 근데 집 방향이 같으니까 태워 주신……."

"야간자습 마치는 날마다 같이 타고 다녔던 것처럼?"

수희의 말을 끊는 아네모네의 음성이 탁하고 높다. 아네모네가 상상하는 게 무엇인지 짐작되자 수희는 점점 초라해진다. 담담하게 맞설 줄 알았는데 일의 파장을 감당할 수 없을 것만 같다. 같이 엮이는 일이라면 어떤 부메랑도 좋다고 생각했는데 지금은 자꾸만 무서워진다. 울고 싶어진다. 지내다 보면 울음이 힘이 되는 순간이 더러 있다. 수희는 몸 속의 기운을 눈물샘 쪽으로 끌어모은다. 마음먹는 대로 눈자위가 뜨거워지면서 눈물이 솟구친다. 수희는 두 손으로 얼굴을 감싼다. 이내 울음이 터지고 그 소리는 점점 더 커진다.

흐느낌이 잦아질 즈음 아네모네가 티슈를 건넨다. 고맙다고 말하는 목소리가 남의 것 같아 낯설다. 알 수 없는 두려움이 수희를 누른다. 수희는 탁자에 놓인 종이컵을 집어 입으로 가져간다. 차갑지도 뜨겁지도 않은 커피가 목에 걸린다. 커피든 삶이든 미지근한 것은 싫다. 수희는 뜨거운 물을 좀 달라고 말한다. 아네모네는 종이컵을 꺼내고 무선주전자의 버튼을 누른다.

조용하고 민첩한 동작이다. 짐작대로 만만한 상대는 아닐 것이다. 수희는 입술을 자근자근 깨문다.

수희는 주전자를 바라본다. 버튼을 누르는 동시에 들어온 붉은 빛이 마치 경찰차의 경광등 같다. 물 끓는 소리가 긴박하게 마음을 졸인다 싶은 순간에 버튼이 저절로 올라간다. 일순 찾아든 정적, 수희는 차라리 물이 끓을 때가 낫다고 생각한다. 문을 열고 나가 버릴까, 그냥 덮어 달라고 사정해 볼까, 아무래도 여긴 내가 있을 자리가 아니야…… 수희의 입속말을 끊어 내기라도 하듯 아네모네가 김이 오르는 종이컵을 내민다. 말은 한 마디도 없다. 수희는 아네모네를 바라본다. 각진 얼굴 어디 한 곳도 틈이 없어 보인다. 포위망에 갇힌 것만 같다. 수희는 안도와 체념을 동시에 느끼며 종이컵을 받는다.

작년 고입고사 예비소집일에 수희는 이 학교에 처음 왔다. 그 때 수희를 맞아 준 것은 십이 월의 바람이었다. 교문을 들어설 때부터 흙먼지가 섞인 바람 때문에 수희는 머리칼을 붙잡은 채 걸어야만 했다. 구부러진 언덕배기를 올라가는데 교복 스커트가 자꾸 다리에 감겼다. 바람 때문에 몇 걸음 앞서 걸어가는 정해의 엉덩이와 다리가 노골적으로 드러났다. 수희도 고개를 숙여 스커트 자락을 끌어내렸지만 헛수고였다. 그렇게 바람을 타고 한참을 올라가자 운동장과 학교 건물이 보였다.

이류에 오는 것도 서러운데 이건 숫제 등산이네, 등산. 다리에 알통이 다 배기겠다. 정해가 종알거렸다. 이류! 수희 역시그 생각을 하던 중이었다. 중학교 2학년 때까지만 해도 당연히K여고로 진학할 줄 알았다. 하지만 막상 원서를 쓸 때는 그 동안 상상조차 하지 않았던 이 학교로 결정할 수밖에 없었다. 내신과 모의고사 성적을 기준으로 한 담임의 잣대에 수희가 K여고에 합격할 확률은 10퍼센트 미만이었기 때문이다.

가을에서 겨울까지 수희는 뭍에 던져진 물고기처럼 괴로웠다. 이글거리는 부러움을 감추며 K여고 지원자를 대하기가 힘들었고, 괴로움을 안은 채 밤늦도록 교실에 앉아 있기가 고통스러웠다. 날라리로 보였던 정해와 자주 어울리게 된 것도 그즈음이었다. 다른 애에게는 터프하게 굴던 정해가 수희에게는유달리 속없는 아이처럼 배시시 웃기만 했다. 수희가 하는 말이라면 무조건 좋아했으며 수희가 가는 곳이라면 어디든 따라다녔다. 밥맛 없다느니 하며 다른 애들에게 내침을 당했던 수희의 행동들도 정해는 멋있다고 추켜세웠고, 저를 무시하는 말을 해도 배알 없이 무조건 받아들였다. 수희는 그런 순간마다패배감이나 열등감에서 벗어날 수 있었고 서서히 정해에게 곁을 내주게 되었다.

임시 담임이라는 그를 처음 보았을 때, 수희는 언덕길에서 호되게 맞은 바람을 떠올렸다. 그 바람은 순간적으로 전신을 훑으며 수희를 포박했다. 갑자기 주위의 애들이 사라지고, 교실마저도 날아가고, 허허벌판 가운데 그와 수희만이 서 있는 것 같았다. 수희는 그를 바라보며 한 걸음씩, 한 걸음씩…… 수희가 내민 손을 그가 잡으려는 찰나, 정해가 옆구리를 찔렀다. 뭐 하냐, 빨리 넘겨. 수희는 몽롱한 가운데 복사물 뭉치를 뒤로 넘기고 다시 앞을 바라보았다. 교탁 주변의 햇살이 스포트라이트처럼 그를 에워싸고 있었다. 수희는 그로부터 흘러나오는 은은하면서도 강력한 기운 때문에 자꾸만 떨리고 어지러웠다.

집에 돌아가자마자 수희는 당장 컴퓨터 앞에 앉았다. 학교 홈페이지에 들어가 그의 이름과 메일 주소를 알아 냈다. 검색창을 종횡무진으로 넘나들며 다른 정보도 얻게 되었다. 그는 경주에 일가견이 있어 문화 지킴이, 답사 진행자로 활동이 많았다. 수희는 그의 블로그를 즐겨찾기에 추가해 수시로 방문하고, 어느 날부터는 그가 올린 사진에 댓글을 달기 시작했다. 입학할 즈음에는, 적어도 사이버상으로는, 그와 친해져서 '새벌'이라는 닉네임으로 그를 생각하고 상상하는 것이 아주 자연스럽게 되었다.

입학식 날, 수희는 새벌님의 반에 들어가길 간절히 바랐으나 그렇게 되지 못했다. 그 반에 들어간 정해가 부러웠고, 할 수만 있다면 바꿔치기하고 싶었다. 그러나 그건 불가능한 일이었다. 대신 수업 시간에 열심히 공부하고 질문하는 것으로 빠르게 그의 신임을 얻었다. 수희의 일 주일은 국사 수업이 든 사흘만 의미가 있었고, 나머지 날들은 국사 시간에 닿기 위한 기다림으로 채워졌다. 당연히 그가 지도교사로 있는 서라벌 연구반 클럽을 배정받았고, 문화유적 답사를 하는 경주 시내 연합 동아리에도 가입했다. 정해와 친구인 것도 도움이 되었다. 시시콜콜한 그의 일거수일투족을 들을 수 있는데다가 사 월부터는, 그가 야간 자율학습 감독일 때마다, 차를 얻어 탈 수 있었다. 집 방향이 같았기 때문이다. 정해가 먼저 내리는 것은 또 얼마나 큰 행운인가. 정해가 보문로 입구에서 내리고 나면 단 둘만 남게 되었다. 그 때부터 집 앞까지가, 기껏 오 분 남짓한 거리라는 게 그렇게 속상할 수 없었다. 수희는 매번 차가 고장 나거나 도로가 끊기기를, 그리하여 둘만 고립되기를 바라며 초조하게 시계를 들여다보곤 했다.

오 월의 어느 봄밤이었다. 하늘에는 이지러진 달이 걸렸고, 차 안에서는 바이올린 소나타가 흐르고 있었다. 수희가 선물한 타르티노의 〈악마의 트릴로〉였다. 정해가 내리고 난 뒤 차는 이내 진평왕릉길로 접어들었다. 창 밖으로 검은 실루엣의 벌판이 휙휙 스쳐 갔다. 드문드문 선 가로등의 붉은 빛이 수회의 가슴으로 스며드는 것 같았다. 늘 하는 상상대로, 이 순간이 멈추어 버리거나 브레이크가 없는 차였으면 하는 바람이 간절해졌다. 후반부로 넘어가는 바이올린의 선율은 너무도 현란하여 마치 노랗고 붉은 폭죽이 일제히 터지는 것처럼 들렸다. 공중에서 터진 폭죽이 수회의 가슴 여기저기로 꽂히며 감정을 후벼 댔다. 살을 저미는 것 같기도 하고 둥둥 내리치는 것 같기도 했다. 알 수 없는 슬픔이 꾸역꾸역 목을 타고 올라왔다. 수회는 가방을 가슴 앞으로 끌어당기며 울음을 삼키려고 했다. 하지만 자꾸만 올라오는 덩어리를 어찌할 수가 없었다. 바이올린 선율에 섞인 울음을 절제할 수 없었다. 차가 서서히 멈추었다. 룸미러로 그가 보고 있었나 싶어 황급히 울음을 그치려 했으나 소용 없었다. 그가 몸을 돌려 무슨 말인가를 했지만 수회는 알아들을 수 없었다. 감미로운 그 목소리가 오히려 슬픔을 더 북돋울 뿐이었다. 잠시 뒤 다시 차가 움직였다. 오른편에 있는 넓은 공터, 진평왕릉 주차장이 거기 있었다.

그 날, 진평왕릉은 수회에게 새롭게 태어났다. 늘 그 자리에 있는, 그저 동네 앞의 무덤이었던 곳이 수회의 가슴 속을 봉긋하게 채우는 봉분으로 앉게 되었다. 새벌님과 나란히 걷는 동안 수회의 몸을 휘감던 살랑살랑한 봄바람, 어둠 속에서 빛나던 이름 모를 꽃들, 아득히 먼 곳까지 퍼지던 시선……. 숨이 막히는 아름다움이었다. 수희는 그 때 풍경이란 시간대에 따라서 다르게 보인다는 것을 깨달았다. 뿐만 아니라 그 특이한 풍경 한 자락을 누구와 같이 보는가가 더 중요하다는 것도 알았다.

"수희야, 이런 말을 해서 미안하다만, 정문수 선생님은 결혼한 사람이야. 유치원 다니는 애도 있어. 영어 선생인 그 부인은 지금 둘째를 임신 중이라더라. 그거 몰라?"

수희는 아네모네의 떨리는 입술을 본다. 꼭 벌레라도 씹은 표정 같다.

"죄, 죄송해요."

수희는 잔뜩 고개를 조아릴 뿐이다. 그런데 그 말이 아네모네의 감정을 건드린 모양이다. 갑자기 얼굴이 벌게진 아네모네가 수희의 양 팔을 붙잡으며 언성을 높인다.

"죄송? 왜 네가 죄송하니? 누구한테? 뭐가? 유부남 선생을 사랑하는 게?"

"……그냥, 다요."

"수희야, 나도 여고 시절에 선생님을 짝사랑해 봤어. 그건 성장기에 겪는 자연스러운 감정이야. 부끄러울 것도 죄송할 것도 없어. 알아? 네가 고개를 숙일 필요가 없다는 말이야. 네가 왜 그래? 내가 참을 수 없는 것은……. 됐다, 그만하자."

수희의 눈썹이 실룩인다. 눈을 크게 뜨고 아네모네의 손아귀에서 팔을 뺀다. 이런 식으로 새벌님을 비난하는 것은 참을 수 없다. 사랑에 정상 비정상을 따지는 사람, 흘러가는 한때의 감정으로 사랑을 멋대로 재단하는 사람과 더 이상 앉아 있을 수 없다. 겨우겨우 참고 있던 분노가 터지는 느낌이다. 수희는 벌떡 일어난다. 주먹을 쥔 채 아네모네를 노려보다가 문을 향해 걸음을 옮긴다. 아네모네가 뒤에서 수희의 이름을 앙칼지게 부른다. 그래도 수희는 뒤돌아보지 않고 출입문 고리를 비튼다.

"그래, 좋다. 여기 와서 이 사진만 보고 가라."

사진이라니? 수희는 걸음을 멈추고 만다. 돌아보면 소금 기둥이 될 걸 알면서도 결국 몸을 돌린다. 탁자로 다가와 사진을 집어 든다. 손이 떨린다. 미루나무에 기댄 남자, 들판을 바라보며 쪼그려 앉은 여자, 억새 앞에 선 남자와 그의 가슴에 안겨 있는 여자, 번호판이 선명한 자동차, 손을 잡은 채로 선 두 사람, 개척 교회, 비디오방, 노래방, 피시방이 무지개떡처럼 포개어 앉은 건물, 그 뒤에 버티고 선 모텔……. 수희는 사진에서 눈을 뗄 수 없다. 소금 기둥이 아니라 뜨거운 용광로에 빠진 느낌이다. 피부가 녹아 내리고, 살이 뭉개지고, 눈에 쇳물이 들어와, 아악, 암전이다. 수희는 소파에 털썩 주저앉고 만다. 아무것도 보이지 않고 아무 소리도 들리지 않는다.

문이 열리면서 선생들이 들어온다. 쉬는 시간을 알리는 차임벨이 언제 울렸는지 모르겠다. 수희는 다시 탁자 위를 본다. 그 사이 사진은 치워지고 없다. 무선주전자의 둥그런 버튼이 붉게 빛난다. 수희는 그 순간 자신을 향해 와와거리며 달려오는 경찰차의 경광등을 다시 떠올린다. 몸이 굳는다. 돌이든 소금이든 이렇게 기둥이 되는 모양이다. 들어온 선생들이 수희를 힐끔힐끔 본다.

"오후에 다시 와 주면 좋겠다. 나는 6교시 이후로 수업이 없으니 기다리고 있으마."

반대편 소파에서 아네모네가 몸을 일으킨다. 수희도 기계적으로 따라 일어선다. 빨리 나가야 한다는 건 생각뿐 걸음이 제대로 떼어지지 않는다. 다리가 계속 후들거린다. 고개를 빳빳이 들며 정신을 차리려 하나 후들거리는 다리를 다스리기 어렵다.

벨이 울리고, 교과 선생이 들어오고, 책을 펴고, 칠판을 바라보고, 필기를 하고…….

수희는 책상과 의자에 붙박인 것처럼 잠자코 앉아 있다. 그 어떤 방해에도 전혀 흔들림이 없어 보인다. 꼿꼿하고 차분하다. 반 애들이 봤으면 독하게 공부를 하는 것처럼 생각할지도 모른다. 하지만 모든 게 건성일 뿐, 머릿속은 너무나도 부산하다. 희열과 고통, 걱정과 후회가 격한 해일처럼 뒤엉킨다.

쉬는 시간마다 정해가 쪼르르 달려온다. 수희의 인상을 살피고 화장실도 따라 나선다. 점심 시간을 알리는 종이 울리자 애들이 일제히 급식소로 달려간다. 햇살과 먼지, 그리고 수희만 교실에 남는다. 아무도 없으니 울고 싶어진다. 수희의 입이 실룩인다. 비죽비죽 눈물이 나오려고 한다.

등짝을 두드리는 소리에 수희는 화들짝 놀라고 만다. 정해다. 급식소 앞에서 늘 만났으니, 기다리다가 수희를 찾으러 온 모양이다. 그런 정해가 고맙고 한편으로는 두렵다. 곧 무성한 소문으로 까발려질 텐데 그 때 정해는 뭐라고 할까? 오소소, 온몸에 소름이 돋는다.

끝내 정해를 혼자 보내고 창가에 선다. 커튼을 젖히자 강한 햇살이 얼굴을 때린다. 눈이 움찔거린다. 수희는 오른손으로 자신의 왼팔을 힘껏 잡는다. 그런데 힘을 가하면 가할수록 더욱 맥이 빠진다. 아귀를 맞춰 가며 정밀하게 돌아가던 머릿속도 텅 비는 것만 같다. 너무 멀리 왔다는 생각이 든다. 그러나

시간이란 되돌릴 수 없는 것이고 자신이 만든 길을 따라 걸어갈 수밖에 없는 게 삶일 것이다. 수희는 힘주어 눈을 부릅뜬다. 이미 시작된 일이라면 최선을 다해 이 길을 갈 뿐이다. 수희는 커튼을 더 젖힌다. 온몸으로 따뜻한 기운이 쏟아져 들어온다. 수희는 고개를 치켜들고 배터리 충전을 받듯 햇볕을 받는다.

주머니에서 진동이 느껴진다. 수희는 휴대폰을 꺼낸다. 민재다. 빈 교실에 혼자만 있는 줄 알고 전화한 것처럼 공교롭다. 잠시 망설이다가 수희는 통화 버튼을 누른다.

"어, 전화 받네? 나야."

"알고 있어. 왜?"

"으, 칼날이다. 야아, 좀 친절하게 말해 주라. 난 반가워 죽겠구만."

수희는 피식 웃음을 흘린다. 덩치는 크면서 이런 말을 할 때는 꼭 어린애 같다.

"아아, 알았어. 넌 용건만 간단히, 이런 주의였지. 그래, 점심 먹었니?"

"그게 용건이야?"

"아니, 뭐, ……그게 그러니까, 한번 만나자고."

말 끝자락이 사르르 떨린다. 그 느낌이 전화선을 타고 수희에게까지 전해진다. 수희는 민재의 도드라진 인중과 엷게 패이던 볼우물, 뒤이어 그의 입술을 떠올린다. 그러자 자신도 모르게 빗장뼈 위에 손이 올라간다. 후유, 한숨까지 저절로 나온다.

"돈 있어?"

수희는 최대한 짧고 퉁명하게 내뱉는다.

"그래, 있다. 있으니까 만나자. 말을 해도 꼭……."

"언제?"

"우리 학교는 오늘부터 목요일까지 시험 기간이야. 그 학교는 수요일부터라지?"

"그래서?"

"수요일이나 목요일에 만났으면 해. 네가 그랬잖아. 길게 만날 수 있는 날, ……하자고."

"좋아. 목요일에 만나자."

"그래도 되겠어? 시험 중간인데?"

민재의 목소리가 화사하게 퍼진다. 수희에게 그 목소리는 고물고물 피어오르는 봄날의 아지랑이 같기도 하고 연분홍 수줍은 꽃 같기도 하다. 멀쩡하게 생긴 놈이 자기 같은 애를 쫓아다니는 이유를 모르겠다고 생각하며 수희는 말한다.

"네가 바라는 날이 시험 끝나는 날 아니니? 너 같은 범생이를 만나는데 할 수 없지."

"고, 고마워."

시간만큼 공평하고 잔인한 것이 있을까. 마음이 들떠 기다리던 약속이 어느 순간 이루어지듯, 전력을 다해 피하고 싶은 순간도 결국에 닥치고 만다. 수희에게는 오늘의 6교시가 그렇다. 늘 간절히 바라고 또 기다리던 시간이었지만 오늘만큼은 피하고 싶다. 하지만 어김없이 차임벨은 울리고, 어수선하게 교실 안을 바장이던 애들이 자기 자리로 찾아들고, 출입문으로 새별님이 들어선다. 오늘은 감색 양복 차림이다. 둥그런 빛이 달무리처럼 그를 감싸고 있다. 언젠가 정해에게 이 말을 했다가 퉁바리를 맞긴 했지만 그래도 수희의 눈에 그는 언제나 빛나는 사람이다. 그의 겉모습을 한눈에 훑던 수희의 시선이 황금색 넥타이에 머문다. 그러자 가슴부터 후드득 뛴다. 인근 도시의 백화점까지 나가 넥타이를 고른 보람이 있어 보인다.

"차렷, 경례."

"반갑습니다."

한꺼번에 내지르는 인사 소리가 다른 시간에 비해 크다. 그의 국사 수업이 재미있다는 뜻이다. 하기야 수희가 좋아하는데 다른 학생인들 매력을 느끼지 않겠는가. 그런데 참 이상하다. 수희는 그게 당연한 것 같으면서도 샘이 난다. 수업을 제대로 안 들어 그의 심기를 어지럽히는 애를 보는 것도 괴롭지만, 열심히 듣고 멋진 질문을 날리는 애는 더욱 견디기 어렵다. 동아리에서도 마찬가지다. 어디어디를 답사하자는 그의 계획에 토를 다는 것도 싫지만 그를 전적으로 따르는 애는 더욱 견딜 수 없다.

교탁 앞에 선 새벌님이 1분단에서 4분단까지 주욱 둘러본다. 그 나름의 인사법이다. 수희는 평소와 달리 눈길을 피해 버린다. 그는 아직 모르는 모양이다. 그렇지 않고서는 저렇게 태연할 리가 없다. 그를 바로 볼 수가 없다. 그는 결국 수희로 인해 치명적인 곤란을 겪게 될 것이다. 그 생각이 들자 다시 마음이 복잡하게 얽히고 만다. 후회와 오기가 줄다리기 한다.

"저번 시간은 진평왕 얘기를 했죠? 오늘은 그의 딸, 선덕여왕에 대해 알아보기로 하겠습니다."

자칭 타칭 경주 지킴이답게 그는 진도와는 상관 없이 신라의 역사를 한 자락씩 풀어 낸다. 주로 인용하는 책 이름을 빌어 이른바, '삼국유사 5분 읽기' 시간인데 학생들에게 호응이 좋다.

"선덕여왕에게는 세 가지 일화가 전해집니다. 첫 번째는 그녀의 영민함에 대한 에피소드인데, 당태종이 보낸 모란꽃 그림에 나비가 없는 것을 보고 꽃 향기가 없다는 것을 알아차린 거예요. 이건 여러분도 이미 알고 있는 것일 테고 오늘은 '여근곡(女根谷)' 이야기부터 할까 해요. 그 곳이 어디냐 하면, 경부

고속도로 건천 나들목에서 신평리 쪽으로 보이는 골짜기예요."

여근이라는 말에 여기저기 민망한 웃음이 터진다. 여름방학 때 그 곳을 답사했던 수희도 그만 얼굴이 붉어진다.

"대궐의 서쪽 영묘사의 옥문지(玉門池)에서 추운 겨울인데도 성난 개구리가 밤낮으로 우는 거예요. 보고를 받은 여왕은 알천과 필탄에게 군사를 내어 주며 빨리 서쪽 여근곡에 가서 적병을 죽이라고 명령을 해요. 그렇게 해서 적병을 모두 처리하고 돌아온 장수가 물었겠죠? 어떻게 백제군이 숨어 있는 줄 알았냐고. 선덕대왕이 그랬대요. 개구리의 성난 울음은 군사의 침입을 뜻하고 옥문이란 여성의 성기를 뜻한다, 여자는 음이라서 흰 빛이고 흰색은 서쪽을 뜻하니 서라벌 서쪽 여근곡에 있다고요."

"그래도 싸움에서 이기리라는 보장이 있습니까?"

참견쟁이 반장이 한 마디 한다.

"잘 물었어. 그 때 어느 장수도 바로 그것을 질문했는데 여왕은 이 답답한 사람들, 남근(男根)은 여근(女根)에 들어가면 반드시 죽어요, 늘 경험하면서 그것도 몰랐소, 라고 대답했어요."

저렇게 노골적인 얘기를 천연덕스럽게 하다니, 짝이 얼굴을 숙이고 혼자말을 한다. 그 말을 들으며 수희는 피식 웃고 만다. 숨어서는 야동 사이트를 다 보면서도 성적인 이야기가 나올 때마다 화닥닥 날뛰는 게 수희로서는 우습기만 하다.

"다음은 상대방의 고뇌를 받아들이는 선덕여왕의 넓은 품성을 보여 주는 설화, 여러분 감성에 맞을 거 같은데, 지귀 이야기를 한번 해 볼까요?"

진평왕릉에서 들었던 얘기다. 그 때 그는 서쪽을 가리키며 지귀와 선덕에 대해 말했다. 그의 손끝이 향하는 낭산 꼭대기에 여왕의 능이 있다. 왕위를 물려줄 정도로 딸을 사랑했던 진평왕은 죽어서도 선덕을 하염없이 지켜본다. 벌판을 사이에 둔 부녀의 교신은 천 년이 넘도록 이어지고 있다.

"지귀(志鬼)는 활리역 사람인데 서라벌에 나왔다가 선덕여왕을 보고 첫눈에 사모하게 되었습니다. 상사병이 얼마나 깊었던지 그만 미쳐 버려요. 어느 날 여왕이 분향을 위해 행차하는 길을 막다가 그만 호위 군사들에게 붙들렸어요. 하지만 사정을 알게 된 여왕은 오히려 지귀로 하여금 행차에 뒤따르게 했습니다. 여왕이 영묘사에서 기도를 올리고 있는 동안 지귀는 탑 아래에서 그만 잠이 들고 말았어요. 너무 지쳤던 거죠. 기도를 마치고 나오던 여왕은 그 광경을 보고 금팔찌를 뽑아서 지귀의 가슴에 놓고 갔습니다. 잠에서 깬 지귀는, 그 마음이 어땠겠어요. 그토록 기다리던 사람이 왔는데 자기는 잠만 자고 있었으니까 말입니다. 그래, 금팔찌를 보고서는 가슴이 타 들어가 급기야 화신(火神)이 되고 말았어요. 그 이후 지귀는 불귀신이 되어 온 세상을 떠돌아 다녔고, 사람들은 두려움을 가지게 되었어요. 할 수 없이 선덕여왕이 다시 나섭니다. 백성들에게 주문을 지어 주어 대문에 붙이게 한 거예요. 덕분에 그 후 백성들은 화재를 면하게 되었다고 하는데, 어때요? 로맨틱한가요?”

선덕의 금팔찌, 선덕의 금팔찌……. 그 선덕의 금팔찌가 지금 수희의 목에 꽉 걸린다. 좁은 목구멍이 일시에 막혔으니 숨을 쉴 수가 없다. 하하학, 수희는 동그랗게 입을 말아 간신히 숨을 끌어올린다. 머리가 하얗게 비어 간다.

“우리 나라 최초의 여왕답죠? 신라의 여왕이 이 곳에서 났으니 현대의 여대통령도 나오지 않으리라는 법 없습니다. 바로 여러분들 중의 한 사람이 아닐까 하는데요. 지금부터라도 열심히 공부하고 자신의 카리스마를 가꾸세요.”

작은 웃음들이 고요히 퍼진다. 정해라면 이류에서 무슨, 라며 말을 받을 법하다. 수희는 정해를 만날까 생각해 본다. 정해라면 수희가 자기에게 모든 것을 털어놓는 그 자체에서 이미 감동을 먹을 애다. 수희가 하자는 대로 얼마든지 돕기도 할 것이다. 하지만 수희는 잠시 뒤 고개를 흔들고 만다. 여태껏 한

번도 남을 믿어 본 적이 없는 수희로서는 정해 역시 타인 이상으로 생각할 수 없다.

"그리고 여러분, 꼭 선덕여왕릉에 가 보세요. 울산 가는 국도변, 사천왕사 발굴 현장 알죠? 그 낭산 꼭대기에 여왕이 고요히 잠들어 있어요. 정말⋯⋯."

"저엉말 아름다압습니다."

애들이 한꺼번에 말을 받아 챈다. 삼국유사 5분 읽기의 마지막 멘트는 언제부터인가 이렇게, 모두의 합창으로 끝난다.

본 수업이 시작된 지 이미 오래다. 하지만 '조선 시대의 신분 제도'가 펼쳐져 있는 수희의 책은 깨끗하다. 다른 때 같으면 밑줄을 긋고, 행간에 그의 설명을 부지런히 옮겨 적었을 테지만 오늘은 도무지 집중할 수가 없다. 금팔찌 생각에서 한 걸음도 벗어날 수 없다.

지귀는 "아름다운 여왕이여, 나의 사랑하는 선덕여왕이여!"를 외치며 거리를 뛰어다닌다. 그렇게 말할 수 있는 지귀는 용기 있는 사람이다. 그런 지귀가 어느 골목에서 선덕여왕을 부르다가 관리에게 붙들린다. 여왕이 묻는다, 무슨 일이냐고. 관리가 송구스러워하며, 저 미친 인간이 여왕님을 사모하고 있다고 아뢴다. 여왕이 뭐라고 대답을 했던가? 고맙다고, 고마운 일이라고 했다. 그런데 정말로 고맙기야 했을까? 아마도 지귀의 사랑에 대한 배려였을 것이다. 그래야만 한다. 미쳐 버릴 정도의 뜨거운 사랑을 이해한다면 그 정도는 해 주어야 한다. 게다가 여왕은 지귀를 만나려고 한다. 가슴이 출렁일 정도의 감동이다. 여왕은 자신을 기다리다가 지쳐 잠든 지귀를 바라본다. 가여운 마음이 인다. 물끄러미 바라보는 눈길은 마치, 이 사람아, 왜 하필 나냐고 말하는 것 같다. 이윽고 여왕은 팔목의 금팔찌를 풀어 지귀의 가슴 위에 놓는다. 비록 회한으로 불귀신이 되지만 지귀는, 여왕의 마음을 받은 그는 행복한 사람이다.

상상에서 빠져 나오며 수희는 고개를 들어 새벌님을 바라본다.

'나를 지귀로 대해 주었더라면……. 조금의 아량, 약간의 틈을 열어 주었더라면…….'

수희의 눈이 파르르 떨린다. 아네모네 앞에서처럼 머릿속이 왱왱거린다. 수희는 창 밖으로 고개를 돌린다. 푸른 하늘과 푸석푸석한 운동장이 한꺼번에 눈에 들어온다. 땅과 하늘, 그 둘이 만나는 접점이 어디엔가 있을 것이다. 하지만 지금은 메마르고 거친 운동장의 기운에 밀려 하늘이 저만치 도망가 있는 것처럼 보인다. 달아난 하늘, 버려진 운동장, 선덕의 금팔찌, 지귀의 사랑, 사방으로 번지는 불……. 불이 번지듯 수희의 머릿속 여기저기가 들쑤셔 댄다.

그 순간 한꺼번에 터지는 웃음, 새벌님이 재밌는 얘기라도 한 모양이다. 그러자 수희의 마음 속 불길이 그를 향한다. 바짓가랑이에서 시작한 불이 양복 상의로 옮겨 붙고, 삽시간에 넥타이와 와이셔츠도 삼킨 다음 얼굴과 머리카락을……. 우으으, 상상은 온몸에 소름을 낳는다. 양 팔을 움켜쥔 수희의 손에 힘이 들어간다. 어깨와 목이 뻣뻣해져 온다. 그래도 황량한 운동장에 고정된 수희의 시선은 좀체 거두어지지 않는다.

짝이 수희의 옆구리를 거듭 찌른다. 몸을 붙여 뭐라고 한다. 그 순간 수희는 새벌님이 부르는 자신의 출석 번호를 듣는다. 방금 소곤거렸던 짝의 말이 빨리 일어나라는 것이었음을, 수희는 그제야 알아챈다. 뭔지 모르는 채 일어서며 수희는 새벌님의 얼굴을 본다. 붉으락푸르락, 낯선 모습이다.

"뭐야? 몇 번씩 불러도 들은 척도 않고. 정신을 어디 두고 있는 거니? 어디 보자, 운동장에 남자친구라도 와 있는 거냐?"

그렇게 말하며 그는 운동장을 확인하겠다는 듯이 창 쪽으로 걸음을 내딛는다. 애들은 이미 떠들썩하게 웃고 난리가 났다. 수희와 그를 두고 알랑거린다느니 편애한다느니 짓까불어 대던 애들이었으니, 일일이 확인하지 않아도 통쾌한 표정들일 것이다.

"자, 대답해 봐라."

정색을 한 채 그가 묻는다. 하지만 수희에게는 뜬금 없는 소리일 뿐이다. 질문이 뭔지 모르는데 대답할 수는 없다. 잠시의 침묵 뒤에 그가 말한다.

"도대체 수업을 듣는 거냐, 마는 거냐. 공부하기 싫은 애 붙들고 설명하기 싫으니까, 복도로 나가 있어."

다시 킥킥거리는 웃음, 이건 소리가 아니다. 수희의 몸 여기 저기를 쑤셔 박는 송곳이다. 수희는 그를 바라본다. 하지만 그의 눈길은 이미 멀리 달아나 있다. 햇빛이 미끄러지는 황금색 넥타이만 수희의 시선을 받는다.

'저 넥타이는 내 마음이 아니었던가. 그렇지, 그가 나를 내칠 리는 없다. 오늘 날짜와 일치하는 내 출석 번호를 불렀을 뿐이고, 내가 대답을 못 하니 다른 애들처럼 벌을 줄 수밖에 없는 거다……'

수희는 애써 좋은 쪽으로 생각해 보지만 그렇다고 위안이 되는 건 아니다. 한숨이 나는가 싶더니 눈이 시리다. 지귀의 불이 자신의 가슴에 옮겨 붙는 것만 같다. 걸음을 떼다 말고 수희는 다시 앞을 노려본다. 그는 이미 칠판을 향해 돌아서 있다. 널따랗고 완고한 등판만 보인다. 수희는 주먹을 꽉 쥔다. 분노인지 희열인지 이름을 붙일 수 없는 감정이 부글부글 괸다. 아랫입술을 깨물고 수희는 천천히 교실을 빠져 나간다.

2. 선덕여왕, 퍼즐을 맞추다

수희의 글을 읽는 동안 아네모네는 얼굴이 홧홧거려 어쩔 줄 몰랐다. 누군가 들여다보는 것 같고, 목덜미를 낚아 채는 것만 같았다. 단정한 필체 뒤에서 무엇인가 벌떡벌떡 일어나 하소연하고 책망하는 듯하여 아네모네는 내내 부끄럽고 화가 치밀었다.

공연히 교무실 안을 서성거렸다. 문득 멈추어 창 밖을 한참 동안 바라보기도 했다. 동료의 책상에 꽂힌 책을 뒤적이기도 했는데, 잠시 전에 자신이 무엇을 했는지 떠오르지 않았다. 소파에 앉았다가 다시 벌떡 일어나고, 무선주전자에 물 대신 일회용 커피믹스를 주르르 쏟아 붓기도 했다.

'목덜미에 솜털이 보송한 애를 두고……'

'겁이 가득한 채 눈을 끔벅이는 애에게……'

더러운 놈, 아네모네의 입에서 자기도 모르게 욕부터 나왔다. 어른 이전에 교사로서, 교사 이전에 한 여자로서 수희와 같은 치욕을 받은 느낌이었다. 이건 도무지 그냥 넘어갈 수는 없는 일이다. 학교에서 맡은 아네모네의 보직으로도 당연히 해야 하는 일이거니와 하느님의 말씀대로 살고자 하는 신앙인으로서도 적극적으로 나서야만 했다.

그 날 그 곳으로 이끈 것도 어쩌면 신의 뜻이었을 거라고, 아네모네는 생각한다. 지난 주말에는 교회에서 고등부 모임이 있었다. 경주 시내 남녀 학생들로 짜인 고등부는 휴무 토요일 오후마다 교회에서 학습 모임을 가져 왔다. 성경 공부에서 출발했지만 시간이 지날수록 세미나는 뒷전이고 친목을 위한 뒤풀이 비중이 커졌다. 영화를 보거나 보문호에서 오리 배를 탔고, 남산을 오르거나 양동마을을 답사하기도 했다. 회장인 진철이가 아네모네에게 일정을 의논하긴 하지만 대개 학생들끼리 미리 정했다. 공부에 대한 잔소리가 끊이지 않는 부모들이지만 교회 모임에는 대체로 관대했다. 교인들끼리의 만남이라면 남녀 학생이 같이 어울려도 희떱게 보지 않았고, 현직 교사가 동행하니 전적으로 믿는 눈치였다.

그 날의 목적지는 진평왕릉이었다. 넓은 들 가운데 덩그렇게 놓인 그 곳이 뭐 볼 게 있냐고 아네모네가 물었을 때 진철이는 민재가 추천한 곳이라고 했다.

"모르겠어요. 어디서 무슨 소리를 듣고 왔는지, 가을에는 그 곳이 아름답다나 어쩐다나……. 걔가 좀 엉뚱하잖습니까? 거기서 해 지는 걸 꼭 봐야 한다네요. 제가 그놈한테 워낙 약하긴 하지만 여학생들에게도 민재 말이라니까 먹히던데요."

그럴 법했다. 민재 정도라면 아네모네가 여학생이라도 마음에 담을 만한 애였다. K고에 다니는데다가 인물이며 성격, 집안 어느 한 군데도 처지지 않으니까.

평소에도 그렇긴 하지만 특히 토요일 오후의 경주는 외지인들로 북적인다. 그런데 관광객들이 다니는 코스는 대개 일정하기 마련이라서, 덜 알려졌으면서도 더 괜찮은 곳이 많았다. 한갓진 진평왕릉도 그런 쪽이라 구황교를 지나 보문로로 접어들 때 기분이 꽤 좋았다. 표지판을 따라 왕릉로로 빠질 즈음에는 앞뒤로 걸리는 차도 없어 양 옆으로 펼쳐진 황금색 논에 마음껏 취할 수 있었다. 태어나면서부터 경주를 떠나 본 적이 없으면서도 이 곳은 처음이라는 진철이는 영화 〈살인의 추억〉의 첫 장면이 생각난다고 말했다. 다 같이 웃고 말았지만 길을 따라 죽 뻗은 논과 하수로가 그렇게 보이기도 했다.

논길이 끝날 무렵 상아색 코란도 한 대가 아네모네의 차를 추월했다. 아네모네는 그 순간을 놓치지 않았다. 아는 차였기 때문이다. 그와 동시에 일 주일 전쯤에 상담 신청함 속에 들어 있던 용지 한 장이 오롯이 떠올랐다. 상담 내용과 일시, 피상담자의 이름이 적혀 있는 다른 신청서와 달리 그 종이에는 국사 선생님 때문에 힘들어요, 학교 다니기 싫어요, 라는 말만 낙서처럼 휘갈겨 있었다. 코란도 차주가 그 국사 선생이지 않은가? 갑자기 머릿속에서 뭔가 움찔거리는 것 같았다. 큰 일이 벌어지고 있다는 직감이 아네모네를 휘감았다. 미지의 두려움과 야릇한 흥분이 동시에 자신을 고무시켰다. 아네모네는 일단 갓길에 차를 세운 다음 서랍 속을 정리하듯 생각을 갈무리했다. 그런 다음 궁금해하는 학생들에게 말했다.

"어쩌지? 내가 급한 약속을 잊고 있었어. 정말 미안해."

"에이, 오늘 피자 쏘신다고 하고선. 왕릉에서 기다리고 있을까요?"

"아니, 그러지 말고, 가만 있자……. 버스 타고 오는 애들에게도 연락해서 시내로 나가자. 나도 그 쪽에서 일을 봐야 할 것 같으니 말이야. 서점이든 피시방이든 가 있으면 나중에 내가 피자 살게."

"민재가 섭섭하게 여길 텐데……. 알겠어요. 지금 폰 때려 보죠, 뭐."

아네모네는 차를 서둘러 돌려 터미널 앞에다 진철이와 여학생 세 명을 내려 주었다. 그러고는 다시 차를 보문로 쪽으로 몰았다.

아니나 다를까, 왕릉 주차장에는 정 선생의 차만 덩그렇게 서 있었다. 아네모네는 멀리 떨어진 자리에 주차한 다음 구부러진 길을 돌아 왕릉으로 걸었다. 나들이할 때마다 습관적으로 들고 다니는 디지털 카메라가 그 날따라 미더웠다. 수희를 만난 것은 의외였지만 정 선생의 행각을 잡게 된 것은 수확이었다. 아네모네는 눈앞에서 벌어지는 비현실적인 일에 몸을 떨어야만 했다. 그들을 바람만바람만 좇으며 셔터를 연속하여 눌렀다.

아무래도 그냥 퇴근할 수 없었다. 설마 했던 일이 벌어진 이상, 피해자의 진술서를 가지고 있는 한, 혼자만 알고 있어서도 안 되었다. 그건 부장교사로서의 직무를 유기하는 것이었다. 아네모네는 교감에게 먼저 사실을 알린 다음 교장실로 같이 내려갔다.

과연 관리자는 관리자다워서 교장은 이왕 벌어진 일, 수습책부터 의논하자고 했다. 상부기관에 보고하는 식의 수위 조절은 차후에 하기로 하고, 일단 수희 담임과 정 선생을 호출했다. 야간 자율학습 감독이라 저녁밥을 먹고 있던 수희 담임은 급히 달려왔다. 하지만 정 선생의 휴대폰은 꺼져 있었다.

수희 담임은 아네모네보다 더 놀라는 표정이었다. 도무지

믿을 수 없다는 말뿐이었다.

"보고도 모르시오? 도대체 학급을 어떻게 관리했기에……."

교장이 언짢은 소리를 하자 수희 담임은 말꼬리를 감추다
말고 아네모네를 흘겨보았다. 순간 미안한 생각이 들었다. 담
임에게 미리 귀띔이라도 했어야 했는데 너무 급해서 그러지 못
했던 것이다. 사각사각 숨막히는 긴장이 흘렀다. 매듭은 지은
사람이 풀게 되는 것인지, 교장이 손뼉을 탁탁 치더니 입을 열
었다.

"자, 이러고 있을 게 아니라 교감 선생님은 정 선생에게 다
시 전화하고……. 학부형을 만나는 게 우선인데, 어떻게 하는
게 좋겠어요? 학교 책임자로서 내가 달려가 사죄부터 하는 게
맞을까, 아니면 의중을 떠 보는 차원에서 일단 두 분이 먼저 걸
음 하는 게 나을까?"

담임은 담임대로 입을 꾹 닫고 있고, 아네모네 역시 가만히
있었다. 결국 교감과 교장 사이에서 말이 오가더니 담임과 아
네모네가 수희 집을 방문하는 것으로 매조지었다.

"어머, 미인이세요. 수희가 어머니를 닮았군요."

무거운 소식을 안고 왔다는 생각도 잠시 잊은 채 아네모네
는 말했다. 진심이었기 때문에 무심결에 튀어나왔을 것이다.

수회 어머니의 반달형 눈썹과 깊은 눈은 단번에 시선을 끌었으며 트레이닝복 위로 드러나는 몸맵시도 날씬했다. 내놓는 찻잔 문양에도 세련된 분위기가 느껴졌다.

"식구라고 해 봤자 수회하고 둘뿐이니 그럭저럭 밥은 먹는 편입니다."

"저, 아버지께서는요? 학년 초에 제출한 자기 소개서에는……."

담임이 조심스럽게 말을 꺼냈다. 담임과 수회 어머니의 말이 몇 차례 버성겼다. 아무래도 그 동안 수회가 부모의 직업이며 학력 등을 거짓으로 말했던 게 틀림없다. 대중가요를 만들고 또 부르기도 한다는 수회의 아버지는 일찌감치 집을 나가 이미 새로운 가정을 꾸렸다고 했다. 그렇군, 그러니까, 엘렉트라 콤플렉스군. 옆에 앉아 있던 아네모네는 수회에 대해 나름의 진단을 내릴 수 있었다. 아버지에게서 받지 못한 사랑을 정 선생에게 투사한 것이 틀림없었다.

이윽고 아네모네가 말할 차례가 왔다. 어디서부터 이야기를 시작해야 할지, 왜 이런 말을 맡아서 해야 하는지, 아네모네는 곤혹스럽기만 했다.

자신의 얘기는 담담하게 했던 수회 어머니도 딸의 얘기에는 초연하지 못했다. 자주 아네모네의 말을 끊으며 정말이냐고 되

물었고, 사진을 볼 때는 숨소리가 한껏 거칠어졌다. 말을 마쳤을 때는 어찌나 맥을 놓는지 아네모네가 먼저 쓰러질 것만 같았다. 다시금 정 선생에 대한 분노가 회오리쳤다. 그를 끌고 와 여기에 무릎을 꿇리고 싶었다. 아니, 그래야만 했다. 어색하고 민망한 침묵을 깨고, 한참을 넋놓고 앉아 있던 수희 어머니가 말문을 열었다.

"다 제가 자식 잘못 키운 죕니다. 이런 문제라면 수희도 책임이 있지 않겠습니까. 아무리 그래도 선생님이라는 사람이…… 아닙니다. 무슨 말이 필요하겠어요. 이 부끄러운 일을 어디 가서 떠벌릴 수도 없고. 그저 수희 년 앞길에 방해가 되는 일은……."

자분자분하던 말을 꺾으며 수희 어머니가 훅, 눈물을 비추고 말았다. 그 눈물의 결이 아네모네의 마음까지 파고들어 아네모네는 덜컥 수희 어머니의 손이라도 잡을 뻔했다. 담임도 비슷한 느낌이었는지 베란다 쪽으로 황망히 눈길을 돌려 버렸다. 아네모네는 수희 어머니의 말을 들으며 빠져 있는 퍼즐 조각, 수희 아버지를 상상했다. 이 자늑자늑한 여성이 생의 모든 것을 걸었을 한 남자, 자식에게 깊은 그늘을 드리워 비정상적인 욕망을 품게 만든 한 사람을 떠올렸다. 노래를 만들고 노래를 부른다는 남자, 그는 어디에 있을까. 딸에게 흘러들어간 그

의 피를 그는 알고 있을까. 아네모네는 자신이 터무니없는 상
상을 하고 있는 건 아닌지 모르겠다는 생각까지 했다. 그 순간
담임이 아네모네의 옆구리를 찔렀다. 가자는 신호였다. 아네모
네는 담임을 따라 엉거주춤 일어나면서도 수희 어머니와 어머
니를 닮은 수희, 수희 반쪽의 기원인 한 남자 생각에서 빠져 나
올 줄 몰랐다.

   키를 빼고 현관문을 여는데 사각형의 긴 불빛이 몸을 쑥 뺐
다. 순간 아네모네의 가슴이 후드득 뛰었다. 조심스럽게 문을
잡아당겼다. 아니나 다를까 어머니가 현관 옆에 서 있었다. 아
네모네는 어머니의 얼굴을 보는 둥 마는 둥 하며 안방으로 들
어가 버렸다. 옷장이며 침대 위, 화장대까지 말끔하게 치워져
있었다. 아네모네의 미간이 좁혀졌다. 침대 위에 옷을 벗어 던
져 두고 거실로 나왔다. 어머니는 그 때까지도 어정쩡한 모습
그대로였다. 아네모네는 다시 짜증이 일었다.
   "언제까지 서 계실 거예요? 못 올 데 오신 것도 아니면서."
   아네모네는 주방 쪽으로 걸어가며 어머니에게 말했다. 붙박
이처럼 섰던 어머니는 그제야 딸을 앞질러 싱크대 앞으로 종종
걸음을 쳤다.
   "밖에서 먹고 올지도 모르는데 뭘 이리 차려 놓았어요? 전

화라도 하시지."

"밥은 먹고 다니는 거니? 뭘 해 먹은 표시가 없어. 그러다 몸 축날라."

"학교에서 밥도 다 주니까 걱정 마세요. 나까지 신경 쓸 겨를이 있겠어요? ……언니는요?"

"맨, 그저 그렇다. ……집에 한번 다녀가지…….'

"바빴어요. 시간이 있어도 가고 싶지 않아요."

아네모네는 쪼그라들고 낡아 가는 어머니의 얼굴을 바라보며 말을 잘랐다. 언제부터 이렇게 못된 말만 골라 아무렇지도 않게 내뱉었는지 모르겠다. 기억할 수 없는 어느 순간부터 아네모네는 어머니 앞에서 고슴도치처럼 가시를 날카롭게 세웠다.

"꼭 그렇게 말해야 하니? 네 언니, 불쌍하지도 않아?"

"불쌍? 뭐가 불쌍해? 지 하고 싶은 대로 다 했잖아. 자살 기도? 우울증? 그거 다 엄살이라고."

"너, 정말 왜 이러니? 네 돈으로 병원 가고 밥 빌어먹는 건 잘 알고 있다. 고맙고 미안해. 그렇다고 어쩌겠니? 우리라도 쟤를 거둬야지."

"우리 아니야, 엄마지. 그 잘나디잘난 형부와 사돈집에서 나 몰라라 하는 언니를 왜 우리가 책임져야 하는 거냐고."

어머니의 숨소리가 거칠어졌다. 아네모네를 노려보는 눈초리가 매서웠다. 아네모네 역시 되쏘아보며 바락바락 소리를 질렀다.

"난 싫어. 돈도 돈이지만 언니 자체가 싫어. 엄마, 벌써 잊었어? 난 아버지와 언니 때문에 그럴 듯한 혼처를 다 놓쳤어. 무서워서 연애도 못하겠어. 우리 집안 사정 알면 도망가 버릴 것 같단 말이야. ……엄마는 언니만 불쌍하지? 나는 어떻게 사는지도 모르지? 차라리 돌아 버리면 편하기라도 하지 이게 뭐야?"

맞받아 치는 말이 나와야 하는데 어머니는 식탁 의자에 풀썩 주저앉을 뿐이다. 아네모네는 더 거친 말들을 퍼붓고 싶었다. 어머니의 속을 더 후벼 대어 끝내 자신까지 쓰라리게 하고 싶었다. 그리하여 독설을 후회하며 어머니에게 미안한 마음을 가졌으면 했다. 그게 어머니를 잠시나마 유일하게 사랑할 수 있는 순간이기 때문이다. 하지만 이 즈음의 어머니는 얼른 백기를 내리곤 했다. 약해 빠지고 영악스러워진 어머니 나름의 처세인 것만 같아 아네모네는 만날 때마다 화부터 났던 것이다.

욕실에 들어갔던 아네모네가 한참 만에 나왔다. 그에 맞추어 어머니는 식탁 위에 된장찌개를 올렸다. 아네모네가 식탁에 앉는 것을 보며 어머니는 겉옷을 걸쳤다.

"늦었는데 저녁 드시고 가세요."

"아니다. 차 시간이 있어서 갈란다. 니 언니도……."

"갑자기 오신 이유가 있을 거 아니에요? 말씀하세요."

"……으응, 그게 말이다. 강원도 쪽에…… 마음을 잘 다스려 주는 기도원이 있다는구나. ……보호자도 같이 있을 수 있다고 하니 좋을 거 같아서 말이야. ……한 달이라도 다녀왔으면 해서."

아네모네의 미간이 다시 좁혀졌다. 제 것 같지 않은 건조하고 냉랭한 목소리가 흘렀다.

"얼마가 필요한데?"

"……일단 백 정도만 보태 주면……."

아네모네는 대답 대신 숟가락을 들었다. 이리저리 끌어 대어 결국 돈을 맞춰 주긴 하겠지만 지금 당장에는 아무 말도 하고 싶지 않았다. 굶지 마라, 따뜻하게 입고 다녀라, 라는 말도 거슬리기만 했다. 현관문이 열리는 소리가 났다. 하지만 아네모네는 돌아보지 않았다. 승용차로 시외버스 정류장까지 배웅을 하든지 하다못해 택시비라도 내놓을 법한데 아네모네는 꼼짝하지 않았다.

현관문이 자동으로 잠기는 소리가 아네모네의 가슴으로 둔중하게 메아리쳤다. 그제야 고개를 돌려 좁디좁은 거실을 바라보았다. 흐릿해지는 눈길을 급히 돌려 아네모네는 된장찌개에 숟가락을 푹 꽂았다. 깔깔한 입 속으로 국물을 흘려 넣은 다음 밥을 먹었다. 목으로 다 넘기기도 전에 다시 밥을 기계적으로 밀어 넣는 바람에 입이 자꾸만 불룩해져 갔다. 바로 그 때 허공을 날카롭게 가르며 전화벨이 울렸다. 아네모네는 받지 않았다. 아파트 상가 앞에서 전화기를 붙들고 있는 어머니를 상상하는 것조차 싫었다. 한 번 끊겼던 전화가 다시 울렸다. 할 수 없이 밥알을 채 삼키지도 못하고 아네모네는 무선전화기를 끌어당겼다.

"하 선생, 큰일났소. 학교 홈페이지 봤어요? 수희 건이 올라왔어. 도대체 어디까지 말이 번져 간 거야? 교육청이고 교원단체고 다 올릴 거라는데, 이 노릇을 어쩌면 좋소."

아네모네는 벌떡 일어났다. 홈피에? 누가? 수희가 누구에게 이야기를? 새된 교감의 목소리를 들으며 아네모네의 머릿속은 다시 헝클어지고 말았다.

다음 날 아침, 아네모네는 평소보다 한 시간이나 빨리 학교에 도착했다. 밤새 사나운 꿈에 시달렸던 탓인지 물 먹은 솜처럼 몸이 무거웠지만 집에 있을 수가 없었다. 수희의 담임도 엇비슷하게 도착하여 아네모네와 나란히 계단을 올랐다.

교장실에는 이미 교장과 교감, 행정실장과 학년부장이 심각한 얼굴을 맞대고 있었다. 아네모네는 교장의 말을 들으며 소파의 끝자리에 슬그머니 끼어 앉았다.

"하 선생, 성고충 문제 해결 절차가 어떻게 되는 거요? 형식적인 것이라고 신경도 쓰지 않았는데 어쨌든 만들어져 있긴 하죠? 이런 일이 있을 줄이야 누군들 상상이나 했겠소만 이번 사건은 그것대로 처리해야 할 것 같소. 이미 홈페이지에도 떴으니 쉬쉬하다가는 학교가 오히려 다칠 수가 있어요."

어제 공문을 뒤적여 보기 잘했다고 생각하며 아네모네는 말했다.

"학기 초에 보고한 공문에 의하면, 우선 학교 내의 성희롱고충 심의위원회가 열려야 합니다. 피해자의 진술서를 바탕으로, 말씀드리기 그렇지만, 가해자 조서를 꾸미는 단계라고 보시면 되고요. 여기에서 재발 방지 조치 및 징계를 가할 수 있고, 상부기관에 보고하게 되면 다시 조사를 거쳐 교육청 단위의 징계위원회가 열리게 될 겁니다."

"그럼 그 원칙대로 진행하도록 합시다. 그래야 위에서도 말이 없을 거요. 심의위원회부터 소집시켜요."

오후 4시, 교장실에서 6명의 교원위원으로 구성된 성희롱고충 심의위원회가 열렸다. 그 사이 학교는 마치 팥죽이 끓듯 온종일 부글거렸다. 교사들은 교무실과 휴게실에서, 학생들은 교실과 복도에서 삼삼오오 모이기만 하면 수군거렸다. 사실의 진위를 떠난 말들이 벌떼처럼 붕붕 날아다녔다. 담장 안에 갇혔던 말들은 휴대폰이나 문자메시지를 타고 학부형이나 타 학교 친구들에게 옮아갔다. 급기야 전화가 걸려 오기도 했는데 학교의 책임을 문책하는 학부형이 있었고, 이죽거리거나 비아냥거리는 어린 목소리도 있었다. 들불처럼 삽시간에 퍼지는 소문에 주무 부서 부장인 아네모네는 어지럽고 혼란스러웠다. 한편으로는 바닷물이 마음에 담기는 것처럼 고요하고 냉정해졌다. 그 차가움이 가면에 불과하다는 것을 알지만 세상과 부딪칠 때는 그런 위장막만큼 자신을 지켜 주는 것이 없다. 아네모네는 수희부터 양호실로 격리시켰다. 수희는 애써 무덤덤하게 보이려는 것 같았으나 눈물이 그렁그렁한 눈초리만은 어쩌지 못했다. 아네모네는 수희의 손을 잡았다가 다시 놓고 양호실에서 나왔다.

아네모네는 냉철하고 단호한 페르소나로 무장하고 심의위원회의 한 자리에 앉았다. 넝쿨처럼 무성하게 번지는 소문에 당혹스러운 것은 모두 마찬가지인가 보았다. 잔뜩 굳어 있는 참석자들의 얼굴에 매운 결의마저 느껴졌다.

약간의 논란 끝에 정 선생에게 발언 기회를 주자고 결정되었다. 그의 말을 기록으로 남기던 아네모네는 몇 번이고 펜을 던져 버리고 싶은 충동을 느꼈다. 그가 털어놓는 진술에 비하면 수희의 글에 훨씬 더 개연성이 있었고 진심이 담겨 있었다. 그는 철부지 아이의 감정을 가지고 교사와 남성 사이에서 짜릿한 곡예를 즐겼음이 틀림없다. 아네모네는 다른 위원들의 얼굴을 곁눈질했다. 하지만 누구의 표정도 제대로 읽을 수 없었다.

헛기침과 함께 교감이 가라앉은 공기를 일으켜 세웠다. 그러자 침묵하고 있던 위원들도 제각기 입을 열었다. 일단 문제를 은폐시키거나 축소를 위해 회유 작업을 해서 안 된다는 것에 합의했다. 그런 다음 징계 수위에 대한 의견을 교환했는데 우선 학교장의 사과를 통해 학부형과 학생의 마음부터 진정시키자고 했다. 학부모에게 학교측의 처리 방안도 설명해 주어야 한다고 했고, 재발 방지를 위한 각서를 받는 한편 전보 문제를 포함한 몇몇 후속 조치가 있어야 한다는 의견이 쏟아졌다. 아네모네는 정 선생의 공식 사과도 필요하다고 덧붙였다. 그러자 그 동안 가만히 앉아만 있던 교무부장이 입을 열었다.

"여러분의 말씀처럼 학생의 인권을 보호하는 것은 교육자로서의 당연한 의무겠지요. 그런데 만약에, 정말 만약에 우리가 오해하는 부분이 있다면 그 감당을 어떻게 하겠습니까? 정문수 선생의 말이 사실이라면 말입니다. 여기 모이신 다른 분들은 어떨지 모르겠지만 저는 평소에 보여 준 그의 교육철학과 성실성을 신뢰합니다. 사람을 보는 저의 안목이 영 틀리지 않다면 그가 받은 상처에 대해 우리는 어떻게 해야겠습니까? 우리 모두가 그러하듯 그 역시 교직을 천직으로 알고 나름의 방식으로 열심히 살아 왔을 것입니다. 그런 그의 세계를 무너뜨릴 자격이 우리에게 있을까, 우선 저는 이 점에 대해 반문하고 싶습니다. 공식 사과도 좋고 징계 결정도 좋습니다. 하지만 그보다 앞서 저는 두 사람을 동등한 자리에 놓고 처음부터 다시 찬찬히 생각하자고 말씀드리고 싶습니다. 피해자와 가해자가 아닌, 인간 대 인간으로 말입니다."

"교무부장, 지금 무슨 얘기입니까? 학생과 교사가 다 같이 중요하다는 걸 모르는 사람이 어디 있어요? 정 선생의 신념에 대해 왈가왈부하는 자리도 아니고요. 여기 모인 분들, 다 그만한 지각은 있어요. 우리가 모인 이유가 뭐예요? 서로 다치지 않도록, 학교 명예도 더럽히지 않는 선에서 대책을 강구해 보자는 거 아니오? 경주 바닥에 소문나 봐요. 그렇잖아도 이류에서 벗어나지 못하는 우리 학교에 어느 부모가 딸을 보내려고 하겠어요. ……자, 이러다간 하루 해 가지고도 모자라겠어요. 그러니 다른 분들, 빨리 의견을 내주세요."

번들거리는 눈에다가 벌겋게 달아오른 목소리 때문인지 그
어느 누구도 교감의 말을 선뜻 받지 못했다.

"어이, 김 선생. 담배 있으면 한 대 주소. 안되겠다, 잠간 쉽
시다."

교장의 말에 학생부장이 호주머니에 손을 넣었고, 그 사이
의견을 묵살당한 교무부장은 밖으로 나가 버렸다. 아네모네는
테이블로 손을 뻗어 식은 커피를 입에 대었다. 뜨거운 물을 달
라던 수희의 목소리가 떠올랐다. 아네모네 역시 수희와 같은
생각이다. 회의도 커피도 식어 빠진 것은 싫다. 미적미적 말이
오가는 게 싫다. 결정이 빨리 나서 이 일에서 벗어나고 싶을 뿐
이다.

아네모네는 행정실에서 뜨거운 커피를 한 잔 마시고 교장실
로 들어갔다. 그 사이에 교장, 교감을 비롯하여 위원들이 모두
제자리에 돌아와 있었다. 그들이 몰고 온 엷은 담배 냄새와 바
람 때문에 실내 공기가 한결 가볍게 느껴졌다.

"상담부장, 여태껏 나눈 의견들, 다 정리되어 있지요?"

교장의 말에 아네모네는 그렇다고 대답했다.

"방금 교육청 송 장학사에게서 연락이 왔어요. 참내, 어떻게
알았는지, 여우야 여우. 성희롱고충 심의위원회를 열고 있는

중이라니까 끝나는 대로 보고하라고 하네."

아네모네는 한숨을 토했다. 자꾸만 일이 커져 가고 있었다. 이러다가 압력을 못 견딘 풍선처럼 팡, 하고 터질 것 같아 불안했다. 바람을 불어넣고 있는 누군가가 있을 것 같은데 짐작이 가지 않았다. 수희 집에서 상상했던, 빠져 있는 퍼즐 한 조각이 여기에도 숨어 있어 자신을 공격하고 있는 것만 같았다.

"차라리 잘 되었습니다. 정 선생에 대한 판단은 이제 교육청에 맡기고 회의를 마치도록 합시다. 상담부장은 빨리 결재 올리도록 하고, 오늘 수고했습니다. 아참, 그리고 우리가 결정한 사항이기도 하니 가정 방문은 가도록 하겠어요. 정 선생이 따라가 주면 가장 좋겠지만 어려울 것 같으니 담임 선생과 동행하겠습니다."

아네모네는 교무실로 돌아와 자리에 앉았다. 컴퓨터를 켜고 보고 기안을 작성하기 시작했다. 회의 내용을 옮겨 적다가 아네모네는 문득 손을 멈추었다. 수희와 수희 어머니, 정 선생과 나누었던 대화가 고스란히 떠올랐다. 뜬금 없이 어머니와 언니의 모습이 나타났다가 사라지기도 했다. 열심히 끼워 맞춘 퍼즐 그림이 어딘지 모르게 어색하게 느껴졌다. 몇 조각을 잘못 끼웠거나 끝내 구멍이 난 채로 남는 것은 아닌지 불안하기도 했다. 하지만 아네모네는 이내 그 생각에 반발했다. 아네모네는 단지 교사로서, 신앙인으로서의 양심대로 움직였을 뿐이다. 그렇게 생각하며 아네모네는 세차게 머리를 흔들었다. 그런 다음 컴퓨터 자판을 타닥타닥 두드렸다.

3. 진평왕, 수렁에 빠지다

속이 더부룩해서 식빵에 손이 가지 않았다. 콩나물국이라도 후루룩 마시고 싶었지만 우유로 대신할 수밖에 없었다. 숙취가 덜 가신 자리에 아내의 맵짠 잔소리까지 엉겨붙는 아침, 정 선생은 서둘러 현관을 빠져 나왔다.

정 선생은 자동차 시동을 걸며 휴대폰을 꺼냈다. 휴대폰의 전원을 길게 누르자 초기 화면이 떴다. 배터리가 나갔었는데 취한 상태에서도 용케 충전기에 꽂아 두었던 게 다행이었다. 그런데 새로운 메시지가 없었다. 알게 모르게 스며드는 습관이란 무서운 것이다. 어느새 수희의 문자에 익숙해져 있는 자신이 우습기도 했지만 그보다 앞서 불길한 생각이 들었다. 어제 일로 많이 토라진 것인지, 아버지와 만난 게 틀어지기라도 했는지 마음이 초조해졌다. 저 딴에는 힘들다는 표시였을 텐데, 어제 수업 시간에 벌을 세운 게 아무래도 꺼림칙했다. 다른 학생을 지목할 수 있었고, 아예 질문 없이 넘어갈 수도 있었다. 그런데도 수희의 번호를 피해 가지 않았다. 아니 수희니까 더 엄격하게 대했다. 그 때 수희가 보였던 참혹한 표정이 지금도 사라지지 않는다. 아무래도 낮에 틈을 봐서 한번 불러야겠다. 아니면 내일이 야자 감독이니 집으로 돌아가며 따뜻하게 대해 주어야겠다고 생각하며 정 선생은 차를 출발시켰다.

늘 하던 대로 반갑습니다를 외치며 교무실 문을 열었다. 가까운 자리에 앉아 있는 여선생이 건성으로 고개를 숙이며 정 선생을 바라보았다. 그녀의 얼굴에서 수심을 읽으며 정 선생은 무슨 일이 일어났음을 직감했다. 학생 생활지도에 브레이크가 걸렸을 수도 있고 교감에게 트집을 잡혔을 수도 있겠지. 간밤 내내 속상했을 문제지만 학교 운영위원에다가 교원단체 분회장인 정 선생이 나서는 순간부터 심각하지 않을, 그런 일일 것이다.

정 선생은 자리에 앉아 국사책을 꺼냈다. 오늘 수업할 진도를 확인했다. 아무렴 교사는 자기 수업에 책임을 져야 한다는 게 그의 지론이었다. 조합에서는 교원평가제를 결사 반대하고 있지만 그는 부적격 교사를 퇴출해야 한다고 생각하는 쪽이다. 다만 전국대의원 겸 학교 분회장인 위치가 있으니까 공식 입장에 따를 뿐이다.

커피 향이 코를 자극한다. 향기를 따라 주변을 돌아보았다. 서너 명이 모여 앉은 뒷좌석을 바라보며 정 선생은 향기 좋습니다, 라고 유쾌한 음성을 날렸다. 이쯤 되면 당장 커피가 한 잔 왔을 텐데 오늘은 뭔가 이상했다. 머쓱해진 정 선생은 교무실을 가로질러 커피 자판기 앞으로 갔다.

커피를 빼 들고 막 돌아서려는 순간 교무부장이 정 선생을 밖으로 불러 내었다.

"나도 자세히는 모르는 일인데, 사건이 터진 모양이오. 교장실로 내려가 봐야 할 것 같소."

뜬금 없는 그의 말을 들으며 정 선생은 자신을 가리키며 반문할 수밖에 없었다.

"사건이라니요? 저와 관련된 일이에요?"

"그런가 봅니다. 정 선생, 정수희라는 학생과 개인적으로 친해요? 이를테면……."

정 선생은 지금 무슨 말을 하는 것이냐고 재우쳐 물어 본 다음 급히 교장실로 뛰어갔다.

정 선생은 교장실 문을 벌컥 열었다. 여러 눈들이 일제히 그에게로 향했다. 화들짝 놀라는 표정 같기도 했고 불쾌한 표정이기도 했다. 교장의 인상이 확 구겨지는가 싶더니 노회한 정

치인같이 이내 제자리로 돌아갔다. 그래도 정 선생을 책망하는 목소리에는 불편한 심기가 역력했다.

"어제는 도대체 왜 그리 연락이 안 됐던 거요?"

"휴대폰 배터리가 나갔습니다. 지회 회의가 있었는데……."

정 선생은 일부러 지회 회의를 강조했다. 관리자 앞일수록 개인이 아니라 조합의 간부로 나서는 것이 언제나 유리했다. 그건 일종의 정 선생의 생존 방식이기도 했다.

"아, 됐소. 그것까지 내 알 바 아니고, 사람 참, 그렇게 안 봤더니만 이게 무슨……."

"교장 선생님, 저야말로 묻고 싶은 말씀입니다. 홈페이지는 뭐고 성추행이라니요? 도무지 무슨 말씀인지 영문조차 모르겠습니다."

옆에서 교감이 끼어들었다. 무척 격앙된 말투였다.

"정 선생, 보자 보자 하니까 참, 지금은 시치미 뗄 때가 아니잖소. 솔직하게 털어놓고 선처를 구하는 게 순서 아니오?"

"교감 선생님까지 왜 이러십니까? 여태껏 저를 봐 오셨으면서 고작 저를 그런 놈으로 몰아치십니까?"

"그래, 말 잘했다. 정 선생이 그런 사람이라는 걸 내가 상상이나 했겠나, 그러니 더 분통 터지고 열이 받치는 거야. 정 선생이 그렇게 추앙하는 조합에서는 그런 것도 다 수용되나 보지? 그래, 어디서 할 짓이 없어 학생을……. 여기 보시오."

교감은 사진과 글을 테이블 위에 올렸다. 정 선생은 화닥닥 사진을 넘겨 보고 글까지 읽었다. 눈에 익은 수희의 글씨가 혀를 날름거리는 뱀 같아 보였다. 입이 다물어지지 않았다. 숨소리가 거칠어졌다. 어떻게 사진이 찍혔는지 놀라웠고 수희의 글은 더욱 기가 막혔다. 손이 파르르 떨리고 머릿속이 하얗게 비었다. 밀려오는 해일이나 번쩍이는 번개를 본 듯 와락 무섬증마저 일었다. 찰나 같기도 하고 영원 같기도 한 시간이 뚜벅뚜벅 지나간 후 정 선생은 입을 열었다. 마른 세수를 해도 얼굴은 여전히 화끈거리고 목소리는 꽉 잠겼다.

"……어떻게 사진이 찍혔고 정수희 학생이 왜 이런 글을 썼는지 모르겠습니다만……. 이건…… 음해입니다. 저는 이러한…… 일이 없습니다. 교사로서 어떻게 이럴 수가 있겠습니까? ……제 말은 한 마디도 들어 보지 않고, 이렇게 일방적인 말만 믿고 저를…… 매도하시는 겁니까?"

"정 선생, 그렇게 말하면 안 되지. 교장 선생님께서 지시한 대로, 어제 퇴근 때부터 아침까지 내가 수십 번 전화했잖아. 같이 있을 만한 사람들을 골라 잡아 연락해 봐도 모두 모른다고 그러지, 이런 상황에서 그럼 더 이상 어떻게 해야 한단 말이오. 그리고 정 선생, 괜히 더 추해지지 말고 사실을 인정해요. 그래야 우리도 정 선생을 감쌀 수가 있어요. 알고 보면 우리가 다 한 식구잖소. 최대한 돕겠소."

"아닙니다. 정말 왜 이러십니까? 저는…… 아니란 말입니다. ……학생을, 정수희를 불러 주십시오."

교장과 교감이 정 선생과 상담부장을 번갈아 바라보았다. 그 때 정 선생은 상담부장이 주관해서 이 일이 진행 중이라는 것을 알게 되었다. 정 선생은 상담부장을 쏘아보았다. 도대체 왜 이런 일이 생겼는지, 수희는 왜 상담부장을 찾아갔는지 도무지 알 수 없었다. 최소한 내게 먼저 언질이라도 주었어야 하지 않았냐고 묻고 싶었다.

"안 됩니다. 피해자는 지금 정서불안 상태를 보이고 있습니다. 이 자리로 불러 낸다는 것은 학생에게 더 큰 상처를 줄 수 있습니다."

정 선생은 상담부장의 말에 다시 한 번 충격을 받았다. 어떻게 저렇게 말할 수 있을까? 그는 더 이상 참을 수 없었다.

"피해자라고요? 상처는 나도 받고 있습니다. 학생의 인권은 중요하고 저는 말 한 마디 못 한다는 말입니까? 도대체 나더러 어떻게 하란 말입니까?"

도무지 그대로 앉아 있을 수가 없었다. 벌떡 자리에서 일어나는 바람에 테이블이 들썩거렸다. 부딪힌 무릎이 아픈 줄도 몰랐다. 뒤에서 교감이 급하게 부르는 소리가 들렸다. 하지만 정 선생은 거의 뛰다시피 뒷마당까지 나갔다. 담배를 꺼내는 손이 바르르 떨렸다. 땀으로 손바닥이 끈적끈적해져 있는 것도 그제야 알았다. 담배 연기와 함께 창자를 훑는 바람 같은 한숨이 길게 흘러나왔다.

담배를 비벼 끄고 사무실로 전화를 걸었다. 마침 지회장이 자리를 지키고 있었다. 정 선생은 자신에게 벌어지고 있는 상황을 장황하게 설명했다. 어쩐지 말이 매끄럽게 이어지지 않고 횡설수설했다. 그럴 때마다 지회장은 조목조목 질문을 되쏘았다. 대답을 하다가 어느 순간 정 선생은 와락 무섬증을 느꼈다. 휴대폰을 그러쥔 손목에 힘이 들어갔다.

"뭡니까? 설마, ……알고 있었습니까?"

상대편에서는 대답이 없었다. 정 선생은 자신의 내부로부터 무언가 쑥 빠져 나가는 느낌을 받았다.

"내가 모르는 일을 어떻게 사무실에서 알고 있는 거예요? 아니, 이럴 수 있는 거예요? ……어제 저녁에 몇 시간을 같이 있었으면서 미처 생각지 못했다니요. 지금 그게 말이 되는 소립니까? 도대체 나를 이렇게 물 먹이는 이유가 뭡니까? 교육위원 후보에 대한 입장 차이 때문에 그러는 겁니까? 아, 내가 지금 소리 안 지르게 됐어요? 훗, 비밀 유지와 공정성 때문이었다고요? 그래, 제보자 이름도 없는 그깟 투서 한 장 때문에 나를 의심했다는 말 아닙니까? 이게 조합에 헌신한 대가란 말이고요. ……아니, 그렇잖아요. 지금 화가 나지 않게 생겼어요? 입장을 바꿔 놓고 생각해 보란 말입니다. ……됐습니다. 오해하고 말고도 없습니다. ……예, 알겠습니다. 그렇겠죠. ……그렇게 믿겠습니다. ……예, 연락 드리겠습니다."

성희롱고충 심의위원회가 열리고 있는 동안 정 선생의 기분은 그야말로 참혹했다. 사람을 두고 판단하고 심의한다는 것을 용납할 수 없었다. 하지만 개인의 편견들이 회의라는 제도를 통해 멀쩡한 진실로 둔갑하려는 현실 앞에서 그는 무력했다. 게다가 지회의 태도에 더욱 맥이 풀렸다. 조합이 자신의 보호벽이 되어 줄 것은 믿어 의심치 않았지만 어쩐지 뭔가 이상하게 굴러간다는 생각이 들었다. 자신의 일에 오히려 그가 쏙 빠져 있는 듯싶었다. 꼭 쥔 정 선생의 손이 부르르 떨렸다. 수희가 왜 그런 글을 썼는지도 이해할 수 없었다. 모든 학생을 공정하게 대해야 하는 그의 처지를 조금이라도 생각한다면 그럴 수없다. 좋아한다는 애가 이렇게 뒤통수를 칠 수도 있나 하는 생각까지 포개지자 그는 얽힌 미로 속에 갇힌 듯 고통스러웠다. 별 의식 없이 내딛은 걸음이 수렁일 줄은 정말 몰랐다. 이미 발을 빼기에는 너무 늦었다는 생각이 그를 아프게 찌를 뿐이었다.

발언할 기회를 주겠으니 교장실로 오라는 전갈을 받고 정 선생은 잠시 망설였다. 무슨 말을 하든 이미 받은 치욕에서 벗어날 수 없을 것이라는 참담함 때문이었다. 하지만 가만히 있을 수도 없었다. 사진과 수희의 글을 그대로 인정하는 꼴밖에 더 되겠나 싶었다.

정 선생은 비스듬히 풀린 넥타이 차림 그대로 교장실 안으로 들어갔다. 한나절 사이에 세상을 다 살아 버린 듯 맥이 다 풀렸다. 전의에 불타는 교감과 상담부장의 얼굴을 보자 도무지 입이 열리지 않았다. 그는 힘을 내자고, 정신을 차리자고 마음속으로 몇 번이고 다짐을 했다. 아랫입술을 얼마나 깨물었는지 피 냄새가 나는 것 같기도 했다.

"이 자리에 서 있는 것, 이 자체가 제게는 이미 치욕입니다. 학생을 상대로 싸운다는 것도 우스운 노릇이고요. 하지만 거짓을 인정할 수는 없는 일, 사실을 사실대로 밝히고자 들어왔습니다.

정수희는 처음부터 저를 많이 따랐습니다. 수업 시간에는 누구보다 열심히 공부했고 동아리 활동도 적극적이었습니다. 교사로서 저는 그런 학생이 예뻤습니다. 반듯한 모범생에다가 저의 말이라면 무조건 신뢰하는데 어떻게 좋아하지 않을 수 있겠습니까? 저로서도 최대한 편의를 봐 주고 싶어서 형편이 되는 날은 차를 태워 주기도 했습니다. 그게 잘못된 일이라고는 한 번도 생각지 않았습니다. 오히려 정수희의 개인사를 듣게 되면서부터는 더욱 잘해 주고 싶었습니다. 아주 어릴 때 부모의 이혼을 경험한 정수희는 아버지를 많이 미워하고 원망하고 있었습니다. 그런데 그 말들은 간절하게 그리워하고 사랑을 받고 싶은 감정을 역으로 드러낸 것이었습니다. 저에 대한 과도한 애정 표현도 사실은 아버지를 향한 감정의 변형이라는 걸 눈치챌 수 있었습니다."

정 선생은 잠시 말을 끊었다. 목을 타고 긴 한숨이 흘러나왔다. 교장은 표정을 전혀 드러내지 않는 반면 교감의 얼굴은 벌겋게 상기되어 있었다. 건너편에 앉은 상담부장은 고개를 숙인 채 정 선생의 말을 받아 적고 있었다. 사이사이 볼펜을 쥔 채로 정 선생을 짧게 쏘아보곤 이내 고개를 돌리기도 했다. 완강하고 단단한 적의를 느끼며 정 선생은 너무한다는 생각이 들었다. 알고 보면 하 선생이 학기 초에 부장 보직을 맡게 된 것도 그의 역할이 컸던 것인데 벌써 잊어버렸나 싶었다.

학년의 시작이라고 할 수 있는 업무 분장을 할 때였다. 교장 단독으로 보직과 담임 및 업무를 결정짓는 시대는 이미 지났다. 마지막 임명권자는 여전히 교장이긴 하지만 미리 구성되어 있는 인사위원회의 자문이 결정적인 역할을 한다. 그 때 사회과 대표 자격으로 인사위원회에 참석했던 정 선생은 상담윤리부장으로 하 선생의 손을 들어 주었다. 하 선생이 조합원이 아닌 것이 걸리긴 했지만 학교 운영상 타당하다는 나름의 신념에서였다. 기뻐하고 고마워하는 시간은 짧게 흘러가고 그 이후는 곧 데면데면해져 버리고 말았지만 하 선생이 보이는 적개심 앞에서 정 선생은 몹시 씁쓸했다.

교장이 짧게 헛기침을 했다. 말을 계속하라는 신호로 들렸다. 다른 선생들도 정 선생의 얼굴을 바라보며 답변을 기다리는 눈치였다.

"편모슬하에서도 반듯하게 자랐고 또 가엾기도 해서 저도 신경을 꽤 썼습니다. 저를 통해 학생이 밝아지고 열심히 공부하는 걸 보며 교사로서의 보람을 느꼈으니까요. 그 이상도 이하도 아니었습니다. 그런데 언제부터인가 학생의 정서가 흔들리고 있는 것을 느꼈습니다. 금방 좋아하다가도 이내 토라진 기색을 보이고, 말이나 행동이 극과 극을 오간다는 것을 알게 되었습니다. 마음을 몰라 준다고 울기도 했습니다. 그렇다고 제가 어떡하겠습니까? 사적인 감정을 조금이라도 비칠라치면 저는 단호하게 처신했습니다. 마냥 잘해 주는 게 능사가 아닌

걸 알았기 때문입니다."

"정 선생, 지금 듣고자 하는 건 그게 아니에요. 요점만 말해요, 요점만."

교감이 잔뜩 짜증을 베어 물고 말했다. 그 순간 고개를 드는 상담부장과 정 선생의 눈이 마주쳤다. 하 선생은 잔뜩 굳어 있는 얼굴로 정 선생을 매섭게 노려보았다. 쌩한 찬바람을 맞는 것처럼 마음이 서늘해져 왔다.

"……예, 그러겠습니다. 사진에 대해 짧게 얘기하겠습니다. 연합답사를 마치고 집으로 돌아가던 길이었습니다. 수행평가 과제로 진평왕릉을 선택했다며 수희가 물어 볼 말이 있다고 했습니다. 아무래도 왕릉을 보며 설명하는 것이 좋겠다 싶어 잠시 내렸습니다. 그런데 그 곳에서 학생이 다짜고짜 울기 시작했습니다. 달래다 보니 학생이 제게 안기는 형상이 되어 버렸나 봅니다. 그 때는 의식조차 하지 못했는데 사진으로 보니 오해할 만도 하겠다 싶어 지금은 후회막급입니다. 한참 만에 울음을 그친 학생이 지금 곧 아버지를 만나러 가야 한다고 했습니다. 서울에 계시는 아버지가 지금 친구분 교회에 와 있다는 것이었습니다. 십여 년 만에 처음, 그것도 어머니 몰래 만나야 하는 심정이 얼마나 불안할까 싶어 저로서는 성의껏, 만남을 두고 갈팡질팡하는 학생을 설득하고 격려했습니다. 그래서 직접 데려다 주기로 마음먹었던 겁니다. 건물 앞에서 계속 망설이는 장면이나 학생을 껴안은 듯이 보이는 사진은 그런 와중에 찍혔을 겁니다. 학생이 무슨 억하심정으로 그런 글을 적었는지 모르겠지만 노래방이라니요? 모텔이라니요? 저는 그 건물이 모텔과 연결되는 줄도 몰랐습니다. 그 애가 똑똑히 얘기했습니다. 꼭대기 층에 있는 개척 교회에 아버지가 와 있다고요. 도저히 용기가 나지 않으니 엘리베이터까지만 같이 가 달라고 해서 그렇게 했을 뿐입니다."

정 선생은 말을 마쳤다. 그러자 간신히 버티고 섰던 힘이 같이 사라지는 기분이었다. 한편으로는 살짝 졸음이 오는 것 같기도 하고 배가 고픈 것 같기도 했다. 교장의 눈치를 살피던 교감이 이제 그만 나가 보라고 말했다. 정 선생은 출입문 쪽으로 터벅터벅 걸음을 옮겼다.

정 선생은 마음이 자꾸 옥죄여 교무실에 앉아 있을 수가 없었다. 등 뒤에서 선생들이 무슨 얘기를 하는 것 같고 창 밖에서는 학생들이 흘끔거리는 것 같았다. 자투리 시간마다 뒷마당에서 담배와 농담을 나누었던 동료들도 더 이상 눈을 맞추지 않았다. 이 넓은 집단에서 혼자 섬처럼 고립된 느낌이었다. 도대체 무슨 말을 누구에게 해야 좋을지 모를 지경이었다. 이 시점에서 수업을 들어가는 게 맞는가 하는 의구심마저 들었다.

몸이 자꾸만 오그라드는 것 같아 정해를 부르는 데도 용기가 필요했다. 도서실로 온 정해는 정 선생에게 깍듯이 인사를 했다. 평소의 발랄함은 찾아볼 수 없었다. 여태까지 쌓아올린 담임으로서의 신뢰가 무너지는 기분이어서 정 선생은 참담해졌다. 애를 상대로 무슨 말을 할까 싶었으나 수희에게 무슨 얘기를 들은 거냐고, 그래서 홈페이지에 글을 올린 거냐고 정 선생은 힘겹게 물었다. 솔직하게 말하지 않으면 너도 가만 두지 않겠다고 위협 아닌 위협도 했다. 하지만 정해는 여전히 고개만 저을 뿐이었다.

"좋다. 그럼 수희를 좀 불러 다오."

"조퇴했는데요."

정해가 처음으로 입을 열었다. 소름이 끼치도록 차가운 말투였다. 정 선생은 그 순간 정해를 부른 것부터 잘못된 것임을 깨달았다. 그래도 하고 싶은 말은 있었다.

"나를 고작 그런 인간으로 생각하다니, 참 가슴 아프다. 수희가 네 친구라면 나는 네 담임이잖아. 그 동안 내게 대한 신뢰가 고작 이 정도니? 나는 그게 무엇보다 슬프다. 이럴 줄은 정말 몰랐다고……. 수희에게도 전해라."

"그 신뢰라는 거, 선생님이 무너뜨리셨잖아요."

얼굴을 똑바로 들고 정해가 또박또박 말했다.

"수희 때문에 간혹 질투가 나기도 했지만 저도 선생님을 존경했어요. 그런데 어떻게 이러실 수 있어요? 늘 거창한 일, 대단한 일을 하시는 분이니까 애들 감정 따위는 아무렇지도 않으신 거죠? 저뿐만 아니라 우리 반 애들 모두 힘들어하고 있어요."

정 선생은 정해의 차가운 얼굴을 바라보았다. 속에서 와와거리며 올라오는 말은 많은데 정작 입 밖으로 한 마디도 나오지 않았다. 저수지 얼음 위에 선 기분이었다. 어디에서부터 균열이 일어나고 있는지 모르니 한 발 내디디는 것조차 두려웠다. 지금은 그 어떤 말도 정해의 마음을 돌이킬 수 없다는 생각이 들었다. 정 선생은 정해더러 나가라는 손짓을 했다. 정해는 고개를 숙인 다음 쌩하니 몸을 돌렸다.

정 선생은 수희를 만나야 한다는 생각밖에 들지 않았다. 도대체 왜 이렇게까지 몰아 대는지 따져야 했다. 그리고 수희의 마음과 말을 바꾸도록 해야만 했다. 수희만이 정 선생을 향한 칼날을 거두어들일 수 있었다. 자신의 말이라면 따라 줄 것이라는 확신도 섰다. 정규 수업만 간신히 마치고 학교를 나온 정 선생은 보문로 쪽으로 빠르게 차를 몰았다. 진평왕릉을 지나치면서는 입 안에 쓴맛이 다 고일 지경이었다. 그 날따라 수희가 이상하긴 했다. 유달리 말을 많이 하고 정 선생에게 계속 기대 왔다. 수희의 입김이 화화 닿을 때, 더불어 아담한 상체가 자신의 가슴 속으로 파묻혀 올 때 아무런 느낌이 없었다고 말하진 못하겠다. 정 선생은 수희를 안으면서 팔에 저절로 힘이 들어 갔는지 모르겠다고 뒤늦게 생각해 본다. 수희의 얼굴을 들게 하면서 머리칼을 쓰다듬었는지, 등을 쓸어 내리는 손길이 떨렸 는지도 알 수 없다. 문득 정신을 차려 수희의 눈물을 닦고 있던 자신의 손을 황망히 거둔 기억밖에 없다.

수희가 사는 동네에 도착한 정 선생은 멀찌감치 차를 세운 다음 휴대폰을 열었다. 새로운 메시지가 몇 개 들어와 있었다. 정 선생은 서둘러 문자를 순서대로 열었다. 하지만 기대와는 달리 수희가 보낸 것은 하나도 없었다. 정 선생의 입에서 가볍 게 신음 소리가 흘렀다.

'내 앞에서 화사하게 웃던 아이, 답사지마다 그림자처럼 따 라다니던 아이, 내가 하는 말마다 깊은 의미를 부여하던 아 이……'

정 선생은 수희가 보고 싶었다. 만나야만 했다. 심호흡을 한 다음 단축키를 눌렀다. 익숙한 음악인 〈악마의 트릴로〉가 들 리더니 음성을 남겨 달라는 메시지가 들렸다. 일부러 전화를 안 받는다는 생각은 들지 않았으나 정 선생은 점점 난감해졌다. 담배를 한 대 피우고 나서 다시 통화 버튼을 눌렀다. 그렇게 몇 번을 반복했건만 수희의 목소리는 끝내 들을 수 없었다. 어디로 몸을 숨겨 버렸는지 도무지 짐작되지 않았다. 정처 없는 상상만 가지를 치는 동안 차 안은 담배 연기로 뿌예지고, 정 선생은 점점 불안하고 초조해졌다.

진평왕릉의 발치에 앉았다가 막 일어서려는 순간 호주머니에서 휴대폰이 울렸다. 정 선생은 화들짝 놀라며 폴더를 열었다. 수희가 아니었다.

"당신, 지금 어딘데?"

목소리에 날이 섰다. 정 선생은 일이 좀 있다고 얼버무렸다.

"오늘 예인이 데리고 오기로 했잖아요? 애가 나한테 전화를 했어. 지금 저 혼자 남아 있나 봐."

그랬다. 아내가 회식이 있다고 말한 걸 깜빡 잊고 있었다. 하기야 회식이 없더라도 일 주일에 이틀은 정 선생이 어린이집으로 가야 했다. 하지만 지금은 도무지 그럴 기분이 아니었다. 정 선생은 아내에게 좀 늦을 거 같다고 말했다.

"무슨 소리야? 모처럼 만들어진 자리인데 내가 어떻게 빠져나가? 아니, 당신은 어제도 그렇게 늦었으면서 오늘도 또 핑계야? 난 몰라, 아무튼 오늘은 당신이 책임지는 날이니까 알아서 해."

아량을 바란 정 선생이 잘못이었다. 둘째의 산달이 가까워지면서 아내는 유달리 예민하고 성정이 거칠어졌다. 그런 마당에 오늘 일을 알게 된다면 아내는 어떤 반응을 보일지 뻔했다. 아내만큼은 이 일을 절대로 알아서는 안 되지만 학교 사회가워낙 빤해 금방 소문이 퍼질 게 분명했다. 그 생각을 하자 갑자기 등줄기가 싸늘해졌다. 아내에게 무슨 말로 어떻게 해명을 해야 할지 그저 암담하기만 했다.

정 선생은 휴대폰을 손에 쥔 채 왕릉 주위를 바장였다. 충혈된 눈자위처럼 하늘이 점점 붉어졌다. 낭산 너머로 넙데데한 얼굴 같은 해가 서서히 가라앉는 중이었다. 바작바작 애가 타고 입이 말랐다. 그는 그대로 바닥에 털썩 주저앉았다. 엉덩이 한쪽이 허전하다 싶더니 상체가 한쪽으로 쏠렸다. 오른손으로 땅바닥을 서둘러 짚었지만 이미 늦었다. 그는 푸르스름한 고마리 군락으로 넘어져 버렸다. 얼른 일어서긴 했으나 이미 엉덩이가 축축해진 뒤였다. 젖은 흙을 털어 내는데 입이 실룩거리고 눈이 매웠다. 수희가 다시 그리워졌다. 이번에는 그가 먼저 울음을 토하고 싶었다. 이것저것 잴 거 없이 수희의 품에 안기고 싶었다. 그러려면 우선 수희부터 만나야 했다. 그는 조바심으로 타 들어가는 입술을 깨물며 휴대폰의 버튼을 길게 눌렀다.

4. 지귀, 팔찌를 찾아 나서다

중간고사 마지막 날, 마지막 시간이다. 국사 교과서와 프린트물, 문제집을 서너 번씩이나 봐서 헷갈리는 부분은 없다. 하지만 함정이 있을지 모른다는 생각에 신중하게 다시 훑어본다. 한 문제라도 놓치면 일 등급을 받기 어렵다. 가뜩이나 아버지의 심기가 어지러운 때인데 성적만큼은 좋아야 한다. 민재는 성적표와 자신을 번갈아 바라보는 아버지의 눈빛을 사랑한다. 아들의 존재감을 그 순간에만 느끼는 것 같아 마음이 상하기도 하지만 그럴 때조차도 얼른 타협한다.

건너편에 앉은 진철이가 시험지를 덮고 있다. 그도 이제 답안지 작성을 마쳤나 보다. 민재와 눈이 마주치자 쓰윽 웃는다. 활기찬 평소 모습은 간데없고 지치고 피곤해 보이는 얼굴이다. 하기야 나흘간 계속된 이 전투에서 피 마르지 않을 전사가 어디 있으랴. 소수점까지 계산되는 점수의 칼날을 누가 피할 수 있겠는가.

진철이가 손가락 두 개를 펴 들어 브이자를 그려 보인다. 시험을 잘 쳤다는 표시인지 수희와의 데이트를 염두에 둔 제스처인지 모르겠다. 정해의 이별 통보에 한동안 헤매는 것 같더니 빨리 마음을 수습한 것 같기도 하다. 민재는 진철이의 그런 점을 좋아한다. 모든 관계를 단순하게 또 그만큼 담백하게 생각하기 때문에 그에겐 절실함도 심각함도 덜하다.

민재는 지난 여름 진철이를 통해 수희를 처음 만났다. 진철이가 막 사귀기 시작한 여자 친구와 경주 월드에 놀러 가기로 했다면서 동행해 달라고 했다. 내키지 않았지만 마음을 터놓는 친구의 부탁이라 거절할 수가 없었다. 그런데 정해의 곁다리로 끌려나온 수희를 보는 순간 민재는 둔탁한 몽둥이가 머리에 떨어지는 느낌을 받았다. 눈길을 거둘 수가 없었다. 수희는 시선을 끌 만큼 늘씬하지도 예쁘지도 않았지만 단번에 민재의 마음을 흔들었다. 파도를 탄 것처럼 휘청거렸다. 민재는 스스로도 불가해한 그 느낌의 정체가 궁금했다.

수희와 처음으로 입맞춤을 한 날이었다. 민재는 잠자리에 들어서도 그 부드러운 입 속 살의 느낌이 가시지 않아 자꾸만 입에 손이 갔다. 황홀하면서도 한편으로는 어쩐지 우울하기도 해서 시부저기 일어나 침대 안에 깊이 감추어 둔 상자를 꺼냈다. 몇 장의 사진과 스케치 몇 점, 클림트와 뭉크의 화집이 차례대로 쌓여 있었다. 모조리 없앴다고 아버지가 믿고 있는 어머니의 흔적들이었다. 검붉은 물고기들이 몸을 뒤틀고 있는 반추상화 한 점은 액자째로 옷장 깊숙이 넣어 두었다. 무명 화가가 남긴 유일한 작품이었다.

그 날 민재는 어머니의 사진에서 수희를 보았다. 하나하나 따지고 보면 닮은 구석이 없었는데도 민재는 수희의 얼굴, 수희의 몸피를 금방 떠올렸다. 특히 봉황대를 배경으로 찍은 사진은, 십대와 삼십대라는 나이 차이에도 불구하고 마치 수희가 서 있는 것만 같았다. 그 순간 수희를 처음 만난 날처럼 민재의 가슴에 물결이 일었다. 당혹스러운 일이었다.

아버지는 극구 말을 돌리지만 민재는 어머니의 사인이 갑작스런 교통사고가 아니라 자살이라는 것을 알고 있다. 민재는 아버지를 이해하거나 용서할 수는 없었지만 그렇다고 어머니를 그리워하거나 사랑할 수도 없었다. 어머니는 자살을 통해 아버지에게 평생 지울 수 없는 상처를 줌으로써 복수를 했을지 모르지만 자식의 입장도 고려해 주었어야 했다. 더더구나 어머니 스스로에게도 좋은 방법이 아니었다. 남편을 괴롭히기 위해 자신의 목숨을 내놓는 건 아무래도 너무 어리석은 일이었다. 아버지가 스케치 여행을 나가는 것조차 막아도, 외부에서 걸려 오는 전화에 촉각을 세워도, 소왕국의 독재자처럼 군림한다고 해도 자살까지 할 필요는 없었다. 외할머니와 외삼촌이 띄엄띄

엄 내뱉는 말을 민재 나름대로 엮어 보자면 어머니는 좀더 계획적이고 좀더 이중적이어야 했다. 아버지 앞에서만 정숙한 아내 노릇을 하고, 돌아서서 그림을 그리고 술도 마시면 되었다. 남자든 여자든 아버지가 내켜하지 않았다는 친구를 만나러 다녀도 좋았을 것이다. 그러니 아무리 생각해도 자살은 잘한 일이 아니었다. 민재는 아무리 아버지가 견디기 어려워도 그러지는 않으리라 생각했다. 아버지가 무엇이기에 삶을 송두리째 내어 준단 말인가. 민재는 사람이나 상황을 핑계 삼아 인생을 놓아 버릴 생각이 전혀 없다. 삶의 주인은 항상 그 자신이기 때문이다.

민재는 뒷주머니에 손을 넣어 진철이에게 빌린 돈을 다시 한 번 확인한다. 적지 않은 금액인데도 별말 없이 빌려 주어서 고마웠다. 뭣에 쓸 거냐고 꼬치꼬치 묻는다면 틀림없이 버벅거리고 말았을 것이다.

드디어 종료 벨이 울린다. 수희에서 아버지, 다시 어머니로 흐르던 민재 생각도 멈춘다. 답안지가 감독 교사 손으로 넘어가자 곳곳에서 고함이 터진다. 나흘간 피 흘린 전사들의 목소리다. 패전의 아픔인지 승리의 기쁨인지는 글쎄, 석차연명부가 나올 때까지 기다려 봐야 할 일이다.

야간 자율학습이 없는 날이라 오늘은 일찍 귀가한다. 밝은 거리가 어색하듯 낮에 들어서는 집도 낯설다. 민재는 현관 입구에 선 채로 거실에 가득한 고요를 물끄러미 바라본다. 자신을 밀어 내는 기운에 저항하기라도 하듯 민재는 일부러 소리를 내며 잰걸음으로 방에 들어간다. 교복을 벗고 옷장 문을 연다. 튀어나온 것 하나 없이 가지런히 정리되어 있는 옷을 보자 숨이 턱 막힌다. 아버지의 정리벽 때문에 파출부가 몇 번이나 바뀌었는지 모른다.

민재는 남방셔츠와 청바지를 꺼내 입는다. 마음 속에서 여러 번의 수정을 거쳐 최종적으로 결정해 놓은 것으로, 수희가 사 준 옷이다. 민재가 썩 좋아하는 색깔은 아니지만 수희가 흡족해할 것 같다. 비스듬히 쳐다보며 슬쩍 웃는 수희의 표정, 그것이면 충분하다. 벽시계를 본다. 봉황대까지 아무리 천천히 걸어도 십 분이면 도착할 것이다. 시간이 빨리 갔으면 좋겠다. 마음이 초조하다. 버들강아지가 온몸을 간질이는 것 같다. 기분 좋은 자극이다. 후후훗 후후훗, 휘파람이 저절로 나온다.

배가 고프지 않은 게 신기하다. 그래도 시간을 보낼 양으로 민재는 라면을 하나 끓였다. 더디게 움직이는 시계 바늘을 쳐다보며 젓가락질을 시작한다. 두세 가닥쯤 먹었나, 갑자기 현관문이 달그락거린다. 반쯤 일어선 채 고개를 빼고 바라보니 아버지가 들어서고 있다. 민재는 남의 집에 몰래 들어와 있는 사람처럼 화들짝 놀라고 만다.

"내가 늦었구나. 밥 차려 주러 왔더니만……."

민재는 느직하고 또박또박한 아버지의 말이 거북하다. 학교 생활은 물론이고 하루 일과까지 꿰고 있는 게 싫다. 게다가 냄비를 싸늘하게 훑어보는 눈길이라니, 단번에 민재의 마음까지 차갑게 만들고 만다. 하지만 괜한 마찰은 서로를 피곤하게 할 뿐, 민재는 속마음을 숨기고 최대한 공손하게 말한다.

"강의 없으셨어요?"

"그건 내 알아서 할 바고, 잠시만 기다려라. 밥 차릴게."

"이거 먹으면 됩니다. ……약속도 있고."

"라면은 안 된다. 아줌마도 참……. 절대 사 놓지 말라고 했건만."

"……제가 샀습니다. 먹고…… 싶어서요."

"버려라."

부드럽지만 단호한 목소리, 매사 이런 식이다. 아버지는 오로지 아들을 위해 말하고 행동한다는데 민재는 그것 때문에 열이 솟구치고 뒷골이 당긴다. 숨이 턱턱 막힌다. 민재에게 아버지의 관심은 간섭이고, 보호는 족쇄일 뿐이다. 대학 교수인데다가 지역의 유력 인사라면서 왜 그걸 모르는지 모르겠다.

"버리고 밥 먹자."

재우쳐 말하면서 아버지가 식탁 앞으로 걸어온다. 민재는
잠시 헷갈린다. 싱크대에 쏟아 붓자니 울화가 더 치밀 것 같고,
박차고 나가자니 뒷감당이 무섭다. 냄비만 물끄러미 바라본다.
갑자기 내침을 당한 면발이 붉은 기름 사이로 떠돌고 있다. 갈
피 잃은 민재의 마음 같다. 민재는 젓가락을 들어 그 면발을 휘
휘 젓다가 벽을 바라본다. 한없이 게으름을 피우던 시계 바늘
이 조금씩 걸음을 재게 움직이고 있다. 성질대로 반발하다가는
지난 주말처럼 맞섬이 길어질 수 있다. 스스로 돌아 버릴 일을
자초해서는 안 된다. 오늘 약속은 중간고사를 앞두고 고등부
모임에 나간 것과는 차원이 다른 문제다. 민재는 싱크대에 라
면을 쏟기로 한다. 오로지 아버지와 빨리 헤어지기 위해서다.
지금은 그게 최선이다.

"아버지, 저, 나가 보겠습니다."

"그래, 진철이와 만나기로 한 거, 알고 있다. 그래도 밥은 먹
고……."

"아닙니다, 됐습니다."

다시 숨이 막혔던 것일까, 자신도 모르게 아버지의 말을 끊
어 버리고 만다. 아버지는 잠시 흔들리는가 싶더니 이내 자세
를 바로잡는다.

"그러니? 그래. 약속, 중요하지. 언제 돌아올 거니?"

선뜻 대답이 나오지 않는다. 오늘은 정말 특별한 날이기 때문이다.

"알았다. 시험 스트레스를 풀고도 싶겠지. 너무 늦지는 마라. 나도 세미나가 있다고 말했지? 집에 돌아오면 열 시쯤 될 거 같다."

민재는 아버지께 목례를 하고 돌아선다. 양치질을 해야 했지만 잠시라도 뭉그적거리고 싶지 않다는 생각이 더 크다. 민재는 서둘러 밖으로 나온다. 뒤쪽에서 현관문 닫히는 소리가 들리자 배꼽 아래서부터 긴 한숨이 터져 나온다.

낮은 집들을 기웃거리며 걷는다. 시내의 집들은 문화재 보호법인지 뭔지에 걸려 개축이나 증축이 어렵다고 한다. 그저 세월을 따라 낡아 가는 수밖에 없다. 민재는 늘 이렇게 고여 있는 경주, 늙어 가는 경주가 답답했다. 옛 수도의 신비로움이니 신라 천년의 미소니 하는 것은 민재에게 아무런 의미가 없다. 지금 민재가 들어가고 있는 노동동 고분군도 마찬가지다. 어릴 때부터 뛰어놀던 놀이터 이상의 의미가 없다. 구석진 무덤 끝자락과 철책 사이에 여학생 서넛이 모여 있다. 짐작대로 담배를 피우고 있는데 언제나 보게 되는 익숙한 풍경이다.

경주에서 단일 고분으로는 가장 크다는 봉황대는, 무덤이라기보다 언덕처럼 보인다. 그 크기도 대단하거니와 몇 아름이나 되는 고목 군락을 품고 있기 때문이다. 무덤에서 나무가 불쑥불쑥 튀어나와 있어서 그런지 관광객들은 천오백 년의 아득함과 광대함이 저절로 느껴진다고 한다. 하지만 민재가 듣기에는 호들갑스럽고 새삼스러운 감탄으로 여겨질 뿐이다.

봉황대 뒤편에서 걸음을 멈추고 시계를 본다. 세 시 오 분 전, 딱 맞추어 도착한 셈이다. 교회 쪽으로 멀리 내다보지만 아직 수희의 모습은 보이지 않는다. 민재는 고개를 돌려 느티나무를 올려다본다. 산 같은 봉분의 중간쯤에 선 저 나무는 밑둥치의 일부가 옴폭 패어 있다. 민재에게는 첫키스의 추억이 담긴 곳이다. 그 생각을 하자 조금씩 가을빛으로 물들고 있는 가지와 잎들이 출렁, 민재의 가슴에 물결을 일으킨다. 바람이 분다. 잎들이 사르락사르락 소리를 내며 민재의 몸을 간질인다. 어느 시인은 스치는 바람에도 양심이 괴롭다 했건만 이 자리에 서면 민재는 바람만 스쳐도 아랫도리부터 묵직해진다. 민재는 트램펄린 위에서처럼 몇 번이고 뛰어 본다. 그래도 어느새 불룩해진 앞섶이 쉬이 가라앉지 않는다.

"뭐 하냐?"

"어, 오늘은 어떻게 그 쪽에서 오네."

꽃무늬 원피스에 어깨에 닿는 머리카락, 오늘따라 더욱 성숙해 보이는 수희다. 간신히 주저앉혀 놓은 아랫도리가 다시 고개를 치밀려고 한다. 이 녀석은 아무래도 머리와는 따로, 저 혼자 반응하고 제멋대로 노는 게 틀림없다.

"와, 머리 푸니까 멋지네. 옷도 예쁘다. 들국화 프린트가 너와 꼭 어울려. 오우, 원더풀!"

사랑은 사람을 수다스럽게 만든다. 수희를 만난 이후로 민재가 깨치게 된 진리 중의 하나다. 수다스러울 뿐 아니라 예전에는 상상조차 못한 낯간지러운 말도 저절로 나온다. 스타일이 구겨지는가 싶어 무게를 잡아야지 하고 마음을 다지지만 어찌된 셈인지 만나기만 하면 즉시 잊고 만다. 수희는 이런 민재의 표현을 어색하고 낯설어한다. 맞장구 대신 코웃음을 치거나 하는 말을 분질러 버린다. 그렇지만 싫어하는 것 같지는 않다. 수희 얼굴에 스치는 미소, 온몸에 탱탱하게 퍼지는 생기를 볼 수 있기 때문이다. 이내 표정을 바꾸기까지의 아주 짧은 순간이지만 민재는 그 때의 수희가 가장 좋다. 그러니 말이 더 많아지고 곰살궂게 되는지 모르겠다.

이태리식 레스토랑 창가에 앉는 수희의 얼굴이 여느 때와 달라 보인다. 파우더를 살짝 두드렸는데도 어쩐지 얼굴이 까칠하고 어두워 보인다.

"터프왕께서 오늘은 어째 기운이 없어 보인다. 왜, 무슨 일 있어? ……역시 시험 기간에 불러 낸 내가 잘못한 거지? 미안하다."

"그런 거 아니니까 신경 꺼."

수희답게 퉁명스럽게 내뱉는다. 피자 두 조각과 함께 수희 앞에 커피가, 민재 앞으로 콜라가 놓인다. 매콤달콤한 향이 코끝을 간질이자 민재는 한 입 크게 베어 문다. 그런데 다른 때 같으면 오물오물 예쁘게도 먹던 수희가 커피만 홀짝거리고 있다. 민재는 다소 어수선하게 입을 연다.

"아참, 나, 지난 주말에 진평왕릉에 못 갔다."

수희는 눈을 동그랗게 뜨고 바람을 넣은 입을 앞으로 내민다. 새로운 대화로 들어서거나 호기심을 강하게 드러낼 때 짓는 표정이다. 귀엽다. 손을 내밀어 만져 보고 싶다. 입맞춤이라면 더욱 좋겠다.

"버스 타고 가는데 진철이한테 전화가 왔더라고. 아네모네가 갑자기 장소를 바꾼다며 시내에서 내리라는 거야. 웃기더라. 애써 잡아 놓은 일정을 그렇게 바꿔도 되는 건지 말이야. 사실 내가 그 동안 전초 작업을 쫙 했었거든. 진평왕릉으로 꼭 가자고 말이야. 와서 보면 안다는 네 말 듣고 내가 그냥 있을 사람이 아니잖아……. 근데 아네모네 선생이 갑자기 바꿔 버린 거지. 그 선생, 수업할 때도 변덕이 좀 있는 편이냐? ……야, 정수희. 내 말 듣고 있는 거야?"

가늘게 떨리는 눈초리, 하얗게 굳어지는 표정이 예사롭지 않다. 아무래도 오늘 일에 대해 불안해하는 것 같다. 민재 역시 초조하긴 마찬가지다. 진철이에게 이것저것 물어 보고 올걸 하는 후회가 생긴다. 소중한 나눔을 떠벌리는 것 같아 피했던 것인데 지금 생각하니 솔직하게 털어놓고 조언을 구하는 게 나을 뻔했다. 민재가 안절부절못하고 있는 동안 수희의 눈빛이 돌아온다.

"……으응, 내가 왜?"

"뭘 그리 골똘히 생각하는 거냐고? 저 멀리 달나라까지 날아가 버린 표정이잖아."

"그래서 그 날, 시내에서 바로 만났어? 아네모네 말이야."

"아니, 애들만 내려 주고 딴 일 보러 갔다더라. 아마 우리끼리 서점에서 한 시간 넘게 있었을걸. 진철이가 하도 붙잡는 바람에 집에도 늦게 갔어. 아네모네가 사 준 피자를 먹는 것까지는 좋았는데 그 덕분에 아버지하고는 으각이 나고 말았다."

"그랬구나, 그랬어……. 근데 너네 아빠는 재혼 안 하시니?"

"난들 아냐? 하지만 어떤 여자가 그 성격을 감당할까? 알고는 같이 못 살 걸."

"그야 모르지. 사람의 취향이란……. 네 아빠, 멋있잖아. 재산도 직업도 빵빵하고. 게다가 뜨거운 신앙심까지……."

"또 비아냥거린다. 야, 넌 그렇게 말하면 재미있냐? 그만 하자. 난 이 세상에서 아버지 얘기가 제일 싫다."

민재는 두 손을 절레절레 흔든다. 아버지 얘기를 하는 것도 마땅찮지만 자꾸 시간이 줄어드는 것에 조바심이 난다. 밤 열 시까지가 길게 펼쳐져 있는 것 같지만 약속했던 일을 생각하면 그렇게 긴 시간이 아니기 때문이다. 민재는 수희의 눈치를 살피며 그만 일어나자는 신호를 보낸다. 그런데 수희는 딴 소리만 해 댄다.

"야, 이럴 게 아니라 우리 진평왕릉에 같이 가자."

"응? 지금?"

"그래. 그 곳은 해질 때가 멋있다. 좀 있다 출발하면 딱 맞겠네."

"야아, 수희야. 오늘은……."

"알고 있어. 알고 있으니까 걱정 붙들어 매시고……. 나, 수행평가 해야 한단 말이야."

평소에는 같이 가자 해도 절대 안 된다더니 오늘은 웬일인지 모르겠다. 여자의 마음이란 도무지 종잡을 수가 없다. 순전히 제 마음대로다. 하지만 수희를 거역할 힘이 민재에게는 전혀 없다. 그게 민재의 약점인 동시에 기쁨이다.

밖으로 나오자 햇빛이 거슬리는지 수희가 눈살을 찌푸린다. 민재는 봉황대로 자연스럽게 걸음을 옮긴다. '올라가지 마시오'라는 팻말이 무색할 정도로 잔디가 벗겨지고 흙을 그대로 드러낸 길이다. 민재는 손금 같은 구불구불한 길을 따라 봉황대 봉분 위를 오른다. 걸음이 처지는 수희에게 손을 내민다. 경사가 심해 오르기가 만만찮을 텐데도 수희는 민재의 손을 무시한 채 굳은살처럼 단단한 흙을 또박또박 밟는다. 다시 바람이 분다. 느티나무를 한 바퀴 돌아 내려온 그 바람이 수희의 스커트를 나풀거리게 하더니 뒤돌아선 민재의 가슴을 출렁거리게 한다.

비스듬히 선 느티나무 앞에 수희가 선다. 비어 있는 둥치 가운데로 뒷걸음질하니 수희가 쏙 들어간다. 능 아래쪽에서 보면 수희의 모습이 보이지 않을 것이다. 민재는 수희와 맞닿을 정도로 가까이 선다. 눈앞에 아지랑이가 피고 가슴이 벌렁거린다. 수희의 눈 속으로 빨려들 것만 같아 민재는 얼른 수희를 안는다. 좁은 어깨와 봉긋한 봉분의 느낌이 화인처럼 가슴에 박힌다. 느티나무 우듬지에 머물던 바람이 시샘하듯 두 사람 쪽으로 불어온다. 입맞춤을 하려는 순간, 수희가 갑자기 민재의 몸을 떠민다.

"이러면 약속 위반, 계산부터."

수희의 목소리가 바람보다 더 서늘하게 들린다. 민재는 감았던 눈을 뜨며 현실로 돌아온다. 이럴 때의 수희는 이해할 수 없다. 집이 가난하지도 않으면서, 그렇다고 쓰임새가 헤프거나 막 나가는 애도 아니면서 왜 이러는지 정말 모르겠다. 민재는 왼쪽 바지 주머니에 손을 집어 넣어 지폐를 확인한다. 수희의 눈꺼풀이 일순 바르르 떨린다.

"꼭…… 이래야 하니?"

"그런 말 말랬지. 아니면 그만두면 될 거 아냐."

그렇지만 민재는 그만둘 수 없다. 그렇게 되지 않는다. 혼자서 가만히 생각할 때면 미친 짓이라고, 수희를 설득해야 한다고 결심하지만 실행하지는 못했다. 민재가 조심스럽게 말을 꺼낼라치면 수희는 냉정하고 매몰차게 돌아설 채비부터 하기 때문이다. 수희는 왜 이런 식의 줄타기를 하는 걸까. 민재는 거듭 반문해 보지만 아무리 생각해도 답을 찾을 수 없었다. 텔레비전에서 키스 알바라는 것을 본 적이 있긴 하다. 성매매 금지법을 교묘히 피하는 방법이라고 하는데 그 일을 하는 사람 중에는 여고생도 끼어 있다는 소리를 듣기도 했다. 그런데 그게 수희하고 무슨 관계가 있다는 말인가. 수희 말처럼 아르바이트를 하는 거라면 여러 사람을 상대해야 하지 않은가. 게다가 선물

따위는 하지 말아야 한다. 시내 상점가를 몇 바퀴나 돌며 샀다는 옷과 모자와 가방을 어떻게 이해해야 하나. 수희 역시 민재를 좋아하고 있음에 틀림없지 않은가. 결국 유별난 취향이거나 고상한 취미로서의 자학, 그것일 것이다. 민재는 매번 그렇게 결론을 내렸다. 그래야 덜 괴롭기 때문이다.

민재는 마뜩찮은 마음으로 몇 장의 지폐를 꺼낸다. 매번 하는 일이지만 손이 떨린다. 민망하고 참혹하며 고통스러운 순간이다.

"아까워?"

말간 표정으로 무심하게 수희가 말한다. 희미하게 웃는 것 같기도 하다. 순간 민재는 수희의 목을 조르고 싶다는 생각이 든다. 그런데 한편에서는 그 무심한 듯한 표정 때문에 민재의 가슴이 저민다. 벅차게 사랑하는 마음, 정복하고 싶은 열망이 부풀어오른다. 그러니 어쩌랴, 죽일 수 없으니 돈을 주고 키스할 수밖에. 민재는 푸르죽죽한 종이를 수희에게 건넨다.

택시는 민재와 수희를 부려 놓고 이내 몸을 돌린다. 자잘한 자갈돌이 깔린 진평왕릉 주차장은 차도 사람도 없이 텅 비어 있다. 민재는 처음 온 곳인데도 수희보다 앞장 서서 걷는다. 속절없이 시간만 흘러간다는 조바심 때문이다. 이러다가 일을 망칠 것 같은 불안감이 스멀거려 저절로 걸음이 빨라진다. 마른 입 안으로 계속 침을 넘기며 민재의 머릿속은 분주해진다. 수희가 언제까지 여기 있자고 할지 걱정이다. 애초 민재의 계획은 봉황대에서 수희를 만나 집으로 데리고 가는 것이었다. 오늘은 야간 자율학습을 안 하는 날과 아버지의 세미나가 겹치는 날, 절묘한 타이밍이 아닐 수 없다. 수희까지 찬성해 주었으니 하늘의 돌보심이 아닌가 말이다. 수희의 방이라면 더 좋겠지만 J호텔에 근무한다는 어머니가 퇴근해 있을 테니 아무리 생각해도 자신의 집밖에 없었다. 민재는 지난 며칠 동안 오늘 밤에 대해 얼마나 자주 상상했는지 모른다. 욕조에 마른 장미꽃을 띄워 놓으리라. 수희가 샤워를 하는 동안 저녁 식탁을 차리고 양촛불 아래에서 붉은 장미를 건네며 사랑을 고백하리라. 그리고 수희를 안고 침실로 가리라…… . 영화 장면을 베끼는 것 같지만 수희와의 밤을 위해서라면 기꺼이 표절하리라 마음먹었다. 게다가 간밤에는 새로운 침대보까지 깔아 놓았으니 나름의 준비는 끝낸 셈이다. 수희를 돌아보며 민재는 다시 한 번 고개를 끄덕인다.

큰키나무들의 호위를 받으며 왕릉 입구에 닿는다. 녹색 철책 대신 돌이 줄지어 서 있는 게 특이하다. 무덤은 화려하지 않다. 십이지신상을 새긴 묘석이 없지만 지표까지 부드럽게 이어진 무덤의 능선이 늠름하다. 단순하지만 어딘지 모르게 날렵해 보인다.

"아, 좋다. 꼭꼭 숨겨 놓고 왜 안 보여 주나 했더니 다 이유가 있었네."

민재는 슬쩍 시계를 훔쳐보며 다소 호들갑스럽게 말한다. 한 바퀴 돌고 빨리 빠져 나가고 싶을 뿐이다. 수희는 대답 없이 미소만 짓는다. 민재의 말을 인정하는 부드러운 미소 같기도 하고 차가운 적의를 담고 있는 것 같기도 하다. 그러고 보니 봉황대를 떠난 이후로 수희는 한 마디도 안 하고 있다. 수행평가를 해야 한다면서 세밀하게 보지도 않는다. 몸은 여기 있으나 마음은 저 멀리 날아가 버린 듯한 얼굴, 민재는 슬슬 불안해진다.

반 바퀴를 돌아오니 무덤 앞이다. 상석이 놓이는 자리에 돌로 만든 의자가 놓여 있다. 민재는 말하기 좋은 거리를 놓치지 않고 수희의 팔을 끈다.

"저게 뭐니? 특이하다."

하지만 수희는 여전히 복잡한 표정으로 혼자만의 생각에 빠져 있다. 민재는 얼굴을 들이대며 반복하여 말한다. 그제야 수희는 보일 듯 말 듯한 미소를 띠며 앞을 본다.

"혼유석, 혼이 머무는 자리라는 뜻."

"그러니까 저 앞에 음식을 차리면 진평왕이 나와 앉아 있다는 거야?"

다시 대화가 끊기고 만다. 민재는 자꾸만 초조해지는데 수희는 몸을 돌려 미루나무 쪽으로 걸어간다. 머쓱해진 민재가 그 쪽을 바라보고 있는데 갑자기 수희가 몸을 꺾는다. 쪼그려 앉으며 얼굴을 무릎에 묻어 버리고 만다. 어깨가 들썩이는가 싶더니 기어이 울음소리가 터진다. 한 세계가 와르르 무너지는 소리다. 뭔가 불안하다 싶더니……. 신경이 드드득 긁히는 기분이다. 민재는 당황스러움과 짜증을, 차가워지는 머리와 뜨거워지는 아랫도리를 동시에 느낀다.

미루나무를 휘도는 바람이 스산해진다. 시간은 몽당몽당 닳고 있다. 민재는 수희 옆에 쪼그려 앉는다. 어찌해야 좋을지 몰라 머뭇거리다가 수희의 머리칼을 쓰다듬는다. 얼마나 지났을까, 수희가 비비적거리는 어린 새처럼 민재 품으로 들어온다. 민재는 중심을 잡기 위해 얼른 무릎을 꿇으며 수희를 안는다.

민재는 자세를 바꾸어 수희와 나란히 앉는다. 때마침 하늘에서는 해가 지고 있다. 논의 황금색 물결이 하늘로 올라간 듯 온통 노랬다가 주황으로 물들더니 다시 붉어진다. 고흐의 그림같이 강렬한 기운이 소용돌이치는 것 같다. 민재와 수희는 꼼짝하지 않고 서쪽 능선 너머로 조금씩 떨어지는 붉고 동그란

해를 그저 바라만 본다. 어떤 절대적인 기운 앞에 포박당한 느낌이다. 차가운 얼음을 만지는 기분이기도 하고 뜨거운 수증기가 얼굴에 끼치는 것 같기도 하다. 갑자기 산다는 게 시시해 보이고 자신이 한없이 초라하게 느껴진다. 수희의 어깨에 두른 손아귀에 힘을 준다. 그러자 기다렸다는 듯이 수희가 흑, 다시 흐느낀다. 민재도 울고 싶어진다. 해가 완전히 능선 아래로 몸을 감추고 있다. 민재의 몸 안에 있던 어떤 기운까지 다 앗아가는 거 같다. 안타깝기도 하고 홀가분하기도 하다.

"아름답지?"

언제 울었느냐는 듯 깨끗한 목소리로 수희가 묻는다. 민재는 뭐라고 말해야 좋을지 몰라 고개만 끄덕거린다.

"아름다운 건 항상 슬퍼. 왜 그런지 모르겠어."

수희의 혼자말을 민재 역시 중얼거리는 말로 받는다. 미리 생각하고 준비한 말이 아니라 지금 문득 떠오르는 대로.

"……금방 사라지기 때문이 아닐까. ……영원이 아니라 순간."

"이 순간? 낭산 너머로 해가 지는 동안…… 순간이라서 슬픈 걸까. 이 모든 것은 남는데 나만 사라질 것 같아서……."

해가 지자 어둠이 급속도로 퍼진다. 벼와 억새가 같은 방향으로 흔들리고 풀과 꽃이 희끄무레하게 섞여 든다. 민재와 수희의 형체도 점점 흐릿해져 나무나 왕릉으로 섞일 것만 같다.

"저기 해가 지는 서쪽 산이 낭산이야. 낭산 위에 묻힌 선덕여왕은 좋겠지? 아버지가 늘 바라봐 주니까……. 해가 질 때, 봄이 올 때, 모내기를 하거나 추수를 할 때, 꽃이 피거나 잎이 질 때……. 나도 누군가가 그렇게 나를 봐 주기를 바랐어."

민재는 선덕여왕이 하나도 부럽지 않다. 죽어서도 아버지 시선에서 벗어나지 못한다면 그야말로 미칠 노릇이라는 생각이 더 크다. 그리고 수희를 그렇게 바라봐 줄 사람이라면, 일백 번 고쳐 죽어도 나 김민재, 라고 말하고 싶지만 어쩐지 선뜻 대꾸가 나오지 않는다.

"끝이야. 나의 바람도 진평왕릉도 이젠……. 안녕이야. 그리고 사실은 이 무덤 주인도 진평왕이 아니래. 그렇게 전할 뿐이지 사실은 누가 묻혔는지 밝혀진 바가 없대."

알 듯 말 듯한 말을 끝으로 수희는 다시 고개를 꺾는다. 민재는 자신의 마음이 지층 아래로 무너지는 소리를 듣는다. 수희에게 큰 잘못을 저지르고 있다는 각성이 몸을 아프게 찌른다. 사랑의 행위란 혼자만의 욕심으로 채울 수 없는 것이며, 책임질 수 있는 마음과 마음이 만날 때만 이루어져야 한다.

"수희야, 정말 미안해. 네가 이렇게 힘들어할 줄 몰랐다. 음, 넌…… 늘 당당하고, 언제나…… 앞서 나가서, 그래서 담담하게 받아들일 줄 알았어. 내 생각이 짧았다. 이제 고민하지 마.
……안 하고 싶으면 안 하면 돼. 나도 방금 마음을 고쳐 먹었
어. 그래, 우린 아직 어리니까. 내가 너무 내 생각만 했나 봐.
……정말 부끄럽다."

민재는 끝내 치르지 못하는 첫경험이 아깝고 속상했다. 그
래도 그렇게 말하고 나니 어딘지 모르게 후련했다. 허영에 들
떠 빌려 입은 남의 옷을 벗어 던진 기분이다. 그런데 바로 그
순간 수희의 손바닥이 민재의 볼에 닿는다. 민재는 화들짝 놀
라고 만다. 차가운 손이 닿는데 왜 뜨거운 불꽃이 피는지 모르
겠다는 생각이 뒤따른다. 수희가 앉은걸음으로 민재 앞으로 온
다. 다정해 보이기도 하고 빈정거리는 것 같기도 한 것은 아무
래도 민재의 자격지심 때문일 것이다. 방금 잘못했다고 해 놓
고서 다시 욕망으로 이글거리는 꼴을 하고 있으니 말이다. 민
재의 입술에 수희의 입술이 포개진다. 그러자 민재의 목젖과
젖꼭지가, 배꼽과 아랫도리가 한꺼번에 올올 선다. 마음의 불
꽃들이 사방에서 화다다 화다다 튄다. 처음으로 받아 보는 키
스다. 민재는 아득해지는 마음을 감당할 수 없어 눈을 감고 만
다. 입을 벌린 채 수희의 혀가 들어오기를 기다리고 있었는데
갑자기 수희가 입술을 거두어 가 버린다. 민재는 그만 무색해
지고 만다.

"야, 가자."

정적을 깨며 수희가 말한다. 어느새 짧고 강한, 거만하고 차가운 원래의 말법으로 돌아와 있다. 방금까지의 부드러움은 왕릉 안이나 흔들리는 억새 사이로 보내 버린 모양이다. 아니면 논길이나 나무 위에 숨겨 놓았던 가면을 재빠르게 꺼냈는지도 모를 일이다.

"어딜?"

"오늘 일정을 치러야지. 추가 요금은 가지고 왔겠지?"

수희의 말을 들으며 민재의 머릿속은 대번에 수런거리고 만다. 한쪽 구석으로 단호하게 밀어 놓았던 욕망이 뱀 대가리처럼 곧추선다. 조금 전의 말을 번복하는 부끄러움 따위는 어디론가 사라지고 없다. 아름다움이란 어차피 순간이라 하지 않았던가.

"응? 그래도 되겠어? 그럼, 빨리 나가서 집으로 가야겠다."

"집?"

"왜 그리 놀라? 지금 비어 있거든. 아버지가 열 시에 돌아오신다고 하니 서둘러야겠지만 말이야. ……아, 혹시…… 너희 집으로? 그게 좋을……."

"싫어."

수희가 단호하게 말을 자른다. 민재 집이 싫다는 건지 자기

집이 싫다는 건지, 관계를 가지는 게 그렇다는 건지 알 수 없다. 확실히 여자의 마음을 안다는 것은 수학 문제 풀이보다 훨씬 더 어려운 일이다.

"저 아래 큰 건물이 있어. 뒤편에 모텔이 바짝 붙어 있는데 엘리베이터로 서로 통한다고 그러더라. 비디오방 가는 척하면서, 교회 가는 척하면서 뒤쪽 건물로 넘어간대. 우리도 피시방이나 노래방 가는 것처럼 하고 들어가면 돼."

수희는 마치 대본 연습이라도 한 것처럼 주르륵 말을 쏟는다.

"고등학생이 어떻게 모텔을 가냐? 들여보내 준대?"

"그래서 사복 입고 온 거 아니었어? 대학생처럼 보이지 않을까?"

답이 없는 질문만 주고받으며 어느새 왕릉 입구까지 도착한다. 조금씩 수희의 걸음이 뒤처진다. 민재의 시선에도 아랑곳않고 수희는 몇 번이고 왕릉을 뒤돌아본다. 민재는 수희 옆으로 다가가 헛기침을 한다.

"왜 그래? 다시 안 올 곳처럼……."

"맞아, 이제 여기는 안 올 거야."

"수행평가 해야 한다며?"

"다 끝났어. 제출만 하면 돼."

다시 말이 끊기고 어색한 침묵이 흐른다. 이럴 때 진철이라면 멋진 농담을 날렸을 텐데, 빌어먹을, 민재는 스스로 말재주 없음을 한탄한다.

"뭐 그런 숙제를 내냐? 누군지 모르지만 그 선생도 참 힘들겠다. 그걸 일일이 어떻게 다 읽냐? 점수는 또 어떻게 매기고."

"……그러게 말이야. 원래 좀 피곤한 스타일이야. ……고상하고 아름답게 사는 게 어디 쉽나. 반드시…… 대가가 있는 거지."

차가우면서도 쓸쓸한, 가벼우면서도 긴 여운이 남는 말이다. 민재는 대꾸할 말을 찾지 못하고 수희만 바라보고 있다. 오늘같이 좋은 날에 왜 선생 이야기 따위를 하고 있는지 민재는 다시 한 번 스스로 참 웃기는 놈이라는 생각을 한다.

그 사이 주위는 점점 어두워지고 있다. 민재는 휴대폰의 푸른 액정에 찍힌 시간을 확인한다. 다시 조바심이 인다. 모텔이든 집이든 빨리 움직이지 않으면 안 된다. 민재는 수희 옆에 바짝 붙으며 손을 낚아 챈다. 수희의 부드러운 팔이 움찔거린다. 그러나저러나 민재는 화난 사람처럼 빠르게 걸음을 뗀다. 지금은 오직 남자의 용감함만이 필요한 때, 민재는 부픗한 가슴을 쫙 내밀며 앞으로 앞으로 내닫는다.

청소년에 대한 몇 가지 오해

순수함에 대한 정의를 내리는 것에서부터 글을 시작하고 싶지는 않다. 그냥 많은 이들이 일반적으로 동의하는 차원에 기대어 질문하고자 한다. 청소년은 순수한가? 세상의 모든 죄악으로부터 차단되어 있는가? 깨끗한 영혼으로 타인과 세계를 바라보고 있는가?

착함의 기준 역시 보통 사람들이 생각하는 정도로 잡아 보자. 이제 다시 묻겠다. 청소년은 착한가? 부모에게 순종하며 거짓말을 하지 않는가? 열심히 공부하며 친구의 결점을 감싸안는가? 공중도덕을 준수하며 어려운 이웃에게 친절한가?

비슷한 방식으로 물음을 얼마든지 확장할 수 있다. 청소년은 미성숙한 인격체인가? 청소년은 보호하고 훈육해야 하는 대상인가? 청소년은 무한한 가능성을 가지고 있는가……

고개를 끄덕이는 당신, 청소년에 대해 뭔가 오해하고 있는 건 아닐까?

나에게도 고등학교 시절이 있었다. 열심히 공부하지 않으면서 좋은 성적을 기대했고, 이 친구 저 친구를 헐뜯으면서도 나에 대한 비난은 참지 못했다. 이길 것 같으면 덤벼들었고, 질 것 같으면 꽁지를 내렸다. 친구나 이성을 상대로 가슴앓이를 하기도 했고, 해치고 죽이는 상상까지 마다않았다. 당신은 그렇지 않았는가?

그러니까 나는 지금 '청소년은 인간이다', 혹은 '청소년도 인간이다'를 말하고 싶은 것이다. 청소년은 인간 이하도, 인간 이상도 아닌 인간 그 자체이다. 청소년을 둘러싼 여타의 정의는 이러한 명제 위에 덧씌워지는 그 무엇일 뿐이다. 똑같은 길을 걸어왔음에도 불구하고 우리는 때때로 그걸 잊는다. 그러고는 자식을 포함한 이 땅의 아이들에게 놀라고, 충격 받고, 배신감을 느낀다.

어쩌면 내가 틀렸을 수도 있겠다. 순수하고 착하며 무한한 가능성의 존재인 청소년을 내가 오해하는 것일 수도 있다. 그랬으면 좋겠다는 생각이 들기도 한다. 하지만 설령 그렇다 해도 그건

인간을 바라보는 시각의 차이에서 생기는 것이니 근본적인 오해
는 아닌 듯싶다.

여기에 실린 청소년소설들은 청소년도 인간이라는 명제에서
출발하여 만들고 기운 것들이다. 과거의 나와 현재의 아이들이
나눈 대화의 산물이기도 하다. 나는 학교 안팎의 여러 상황에서
다양하게 변주되는 그들의 감정을 추리하고 상상해 보았다. 소설
이라는 창을 통해 청소년을, 끝내는 인간을 이해하고자 하는 나
름의 소통 방식으로 읽혔으면 좋겠다.

*

어릴 때부터 마흔 살쯤에 책을 내고 싶었다. 문필가 집안의 딸
도 아니고 글로 인해 상을 받아 본 적도 없는 내가 왜 그런 꿈을
가졌는지 모르겠다. 아무튼 나는 미래의 직업이나 배우자를 설계
하는 대신 내 이름이 박힌 책을 상상하곤 했다. 물론 막연하고 터
무니없는 소원인지라 입 밖에 내 본 적조차 없다. 그런데 어느 날

거짓말같이 책이 내게로 왔다. 우연인지 필연인지 그 때 내 나이 마흔 살 어름이었다.

첫 책을 낼 때 이름을 한 자 줄여 필명으로 삼았다. 마지막 글자를 떼어 버리자 나를 규정하는 여러 것으로부터 벗어나는 기분이었다. 자기검열과 타인의식이 덜한 자리에 서니 상상도 좀더 자유로워질 수 있었다. 교사라서 못했던 이야기들, 딸이어서 혹은 며느리라서 조심했던 말들이 제각각의 물길을 타고 흘렀다. 그 물길을 타고 흐르는 글쓰기는 나에게 고독한 생동감을, 고통스러운 행복을 주었다. 그리고 그게 좋았다. 하지만 나는 알고 있다. 스승과 벗들의 격려와 조언 없이는 새 이름을 얻을 수 없었다는 걸. 가족의 전격적인 지원 없이는 새 이름을 유지할 수 없다는 걸. 이 자리를 빌어 그분들에게 고마움을 전한다.

2007년 가을 끝에서
강 미

강 미

1967년 경남 진주에서 태어나 경상대학교 국어교육과와 계명대학교 대학원 문예창작학과를 졸업했다. 1991년 '우리교육 소설 공모'에 입선되어 작품 활동을 시작했고, 2005년 장편소설 『길 위의 책』으로 '푸른문학상'을 수상하며 본격적으로 청소년소설을 쓰기 시작했다. 현재 울산여자고등학교 교사로 재직 중이며, 지은 책으로 청소년소설 『길 위의 책』, 『겨울, 블로그』가 있다.